蹲下来的世界

环游地球95天

肖琼
XIAOQIONG
ZHU
著

当代世界出版社
THE CONTEMPORARY WORLD PRESS

图书在版编目（CIP）数据

蹲下来的世界：环游地球95天 / 肖琼著. —北京：
当代世界出版社，2018.2
ISBN 978-7-5090-1331-1

Ⅰ.①蹲… Ⅱ.①肖… Ⅲ.①日记--作品集—中国—
当代 Ⅳ.①I267.5

中国版本图书馆CIP数据核字（2018）第017383号

书　　　名：蹲下来的世界：环游地球95天
出版发行：当代世界出版社
地　　　址：北京市复兴路4号（100860）
网　　　址：http://www.worldpress.org.cn
编务电话：（010）83908456
发行电话：（010）83908409
　　　　　（010）83908455
　　　　　（010）83908377
　　　　　（010）83908423（邮购）
　　　　　（010）83908410（传真）
经　　　销：全国新华书店
印　　　刷：北京盛彩捷印刷有限公司
开　　　本：880毫米×1230毫米　1/32
印　　　张：8
字　　　数：200千字
版　　　次：2018年2月第1版
印　　　次：2018年2月第1次
书　　　号：ISBN 978-7-5090-1331-1
定　　　价：48.00元

3个人

3大洲   17个国家

环游地球

95天

目录

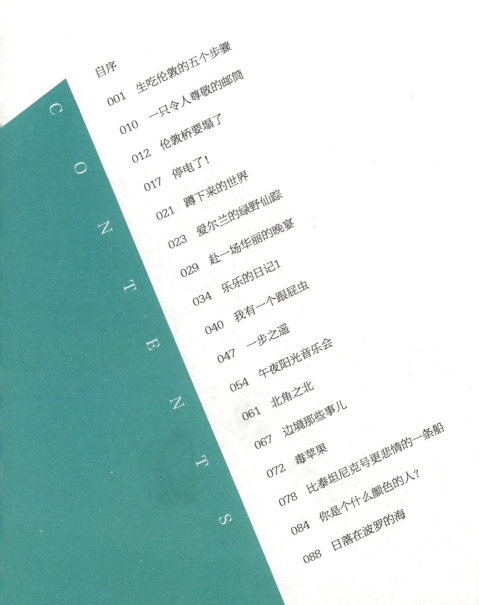

自序

乐乐：金牛座，高冷小男生，目前走过5个国家，出发这一天正是他的6岁生日。

团团：处女座，社交达人爸爸，旅行途中的司机、外交官兼开心果，32岁。

我：狮子座，贪玩好动妈妈，旅行途中的导航、摄影师兼本书作者，31岁。

认识我的人都知道：我不算是个好妈妈。

我工作起来会忘记给孩子做饭；换季了会忘记给他买新衣；有时候我会纵容他玩Ipad到夜里12点；我没参加过家长会；我甚至经常不在家。

我对他的爱仿佛是个秘密，仿佛是一朵不开花的植物，我把所有的线索都藏了起来，没人能找到，除了乐乐。

这就是我和他之间的默契。

我很少教他如何去做人、做事，只是尽力在他面前过好自己的生活。

团团也是如此，他是一个正直、善良而快乐的爸爸。

我们悄悄送给他的，都是他最渴望的东西。比如一段与众不同的经历，一次毫无保留的信任，或是一份可以在同龄人面前炫耀的平等。

一转眼，乐乐快要6岁了。

在我的印象中这是个分水岭一样的年纪，从幼儿变成了学生，这不仅是身份的转变，更是独立的思想和清晰的记忆开始形成的关键时期。

我们送给他的生日礼物，正是这一场为期95天的环球旅行。

4月30日：北京飞往伦敦，给乐乐过一个长达32小时的6岁生日。

5月1日-5月15日：英国首都伦敦

我们一起来"生吃"这座城市：听歌剧、闯鬼屋、收集皇家邮筒、爬上圣保罗大教堂的最顶端……我们像当地人一样买菜、做饭，等着每天傍晚会准时经过的雪糕车，门前的一棵桃树从花团锦簇到绿叶成荫，飘落了一地粉红色的花瓣，仿佛一定要圆了这个"家"的梦想。

5月16日-5月23日：爱尔兰

在香侬河畔的古堡中赴一场华丽的晚宴，身穿绛紫色礼物的老年绅士以中世纪的礼仪迎宾，每一件事物都承载着数百年的浓郁岁月，陶罐里的葡萄酒晕红了宾客们的脸，今夜，这里没有战争和杀戮，只有悠扬的音乐和上乘的佳肴。

5月24日-5月29日：英国城市剑桥

我们住进了神秘鸟类学家的房子，衣柜上放着生了锈的沉重的铁箱，餐厅里有木质的钢琴，地板上一个深不见底的小洞不知通向哪里……在这里我们无限接近了维多利亚时代，我们称之为"黑剑桥"。

5月30日-5月31日：挪威南部城市斯塔万格

604米高的布道石像一把利刃垂直插入了吕瑟峡湾，没有缓冲，没有植被，回过神来发现自己正用双手掩着嘴，像个傻子一样，有好几秒都忘了呼吸；一向胆子最大的团团也瘫坐在地上，连照张相双手都会发抖。

6月1日-6月2日：挪威南部城市卑尔根

从卑尔根到奥斯陆的火车全程7个半小时，途径春、夏、冬三季，哈当厄尔高地上的雪山冰原提前带来了极地的气氛，然而气温并不低，积蓄正在汩汩地融化，隔着车窗也能听到飞鸟的嘶鸣。

6月3日-6月6日：挪威北部城市特罗姆瑟

在世界上纬度最高的极地大教堂里，听一场午夜阳光音乐会；在纬度最高的大学里做一场科学实验；乘快艇出海，在岛屿和峡湾中穿行；在山顶上徒步，突如其来的大雪阻挡了我们的视线，景色奇幻，如同一部末日主题的电影。

6月7日-6月8日：乘坐特罗姆瑟至希尔科内斯的邮轮，途径北角

北角，北纬71度10分21秒，常被称为是欧洲的最北端，虽然这个说法是经不起推敲的，但这里的风光的确给人一种世界尽头的感觉，站在307米的悬崖上可以看到挪威海和巴伦支海的交汇。距北极点2102公里我们止步于此，不远了，那梦想终会实现。

6月9日：挪威北部城市希尔科内斯

我们参加了逗趣的中巴车半日游"边境那些事儿"，摘了一根属于俄罗斯的草，吃了一顿中餐，第一次觉得想家。

6月10日-6月15日：斯德哥尔摩

这是在北欧的最后一站，一方面真心折服于它的文明和美景，一方面也为终于能逃脱这吓死人的物价而欢欣雀跃……这里有比泰坦尼克号更悲情的一条船，有不亚于莫斯科的，具有艺术气息的地铁站，还有看不够的美女。

6月16日-6月20日：爱沙尼亚、拉脱维亚及立陶宛

在立陶宛有座小城叫希奥利艾，在城北12公里有个小山坡，就在上世纪70年代，每天都有苏联军队在这里把守，他们封锁了附近的道路，宣称："此地有瘟疫爆发，请闲人勿近。"然而每天夜里，总有人偷偷在这里插上十字架……

6月21日-7月2日：比利时、卢森堡、法国、德国、瑞士、奥地利、列支敦士登、荷兰

因为住不起列支敦士登的酒店，误打误撞找到了位于奥地利边境的"云上仙村"；在德国的新天鹅堡饱览风光，在荷兰的阿姆斯特丹吃了一盒致幻蘑菇，时间变得很慢，好像进入了电影里的慢镜头。

7月3日：秘鲁首都利马

虔诚、贫穷、热情、欢庆、混乱、美食、侠义……我在一天之内连中七道暗器，道道打入我的周身大穴。

7月4日-7月6日：纳斯卡线及周边古迹

坐小型飞机俯瞰纳斯卡线，这些线条构成了各种生动的图案，有兀鹫、蜘蛛、猴子、蜥蜴和人形生物等等，绵延数百公里，2000年前的纳斯卡人是如何在科技不发达的情况之下完成这一壮举，这些线条又有什么用途，科学家们至今未能找到满意的答案。

7月7日-7月8日：秘鲁高原城市阿雷基帕

Santuarios Andinos博物馆里陈列着"冰冻少女"胡安妮塔，她被发现于海拔6000多米的雪山之巅，似婴儿般蜷缩着身体，肌肤和衣物几乎完好无损，当年到底发生了什么，让她的右手还紧紧地攥着衣角……

7月9日-7月11日：秘鲁高原城镇普诺及的的喀喀湖

走访的的喀喀湖上与世隔绝的乌托邦：没有等级制度，没有贫富差距，每个人都需要勤劳地工作；吃一顿刚从土里挖出来的午餐；在用芦苇编织而成的漂浮岛上，参加一场乌鲁人的婚礼，体会到什么才是"活在当下"。

7月12日-7月13日：马丘比丘

绝无仅有的马丘比丘，失落的古城，神仙居所，一切都是未解之谜。古老的建筑镶嵌在崇山峻岭之间，与相邻的瓦纳比丘一起，形成了一个印第安人仰望天空的脸庞的形状，增加或减少任何一分色泽，都会让它的美丽大打折扣。你的身体可以到达，精神却望而生畏。

7月14日-7月19日：亚马逊雨林

毕生难忘的5天，没有电、没有网、没有手机信号，自带着向导、厨师、船夫和食物，向着雨林深处进发。这里的雨分"男的"和"女的"；湖里有两米长的巨型水獭和食人鱼；我们爬上了15层楼高的古树，一群红蓝相间的金刚鹦鹉刚好从眼前飞过；我们在丛林中夜行，身后的月亮宛如一盏路灯。

7月20日：印加古都库斯科

在库斯科大教堂的东北角有一幅很有名的油画，是盖丘亚族画家Marcos Zapata的作品《最后的晚餐》，同题材的画看过太多，稍不留意也许会错过一个小细节：在这幅画上，耶稣和信徒们的餐桌上摆的不是传统的西餐，而是一盘烤豚鼠。

7月21-7月23日：库斯科飞往利马，利马经圣地亚哥转机飞往澳大利亚城市悉尼，途径日期变更线，丢失一天。

7月24日-7月31日：悉尼

关键词：倒时差、考拉、杜莎夫人蜡像馆、5.4公里的海边徒步线路、在库吉海滩上展望将来。

8月1日-8月2日：悉尼飞往北京

飞机落地的一刻我有一种和95天前一样的新奇感，家在此刻也成了新奇的东西。

[愿望单]

1. 在大巴车上睡一晚
2. 住一次古堡
3. 天黑后坐在剑桥的大草坪上喝啤酒
4. 认识一个新朋友并留下联系方式
5. 在每个城市都留下一张三人合影
6. 参加一次烹饪课程
7. 治好飞行恐惧症
8. 在法国剪一次头发
9. 买一双骑士靴子
10. 成功送出所有的礼物
11. 看一次日出，再看一次日落
12. 看北极熊
13. 在北冰洋里游泳
14. 听一场午夜阳光音乐会

[里程表]

空中飞行距离：51600公里

陆路交通距离：约5915公里

水路交通距离：约1117公里

步行距离：约118万步，590公里

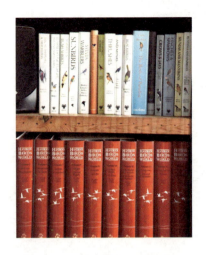

[准备工作]

首先，这不是一次说走就走的旅行。

请想象一次长达95天的旅行，一个歇斯底里的计划控要为它付出多少的时间和心血：

每个城市读3篇以上的详细攻略。

每个国家读一本《孤独星球》。

45天办完4个签证：英国（及爱尔兰）、申根、秘鲁和澳大利亚，包括准备材料和面试。

在网上订好所有机票，以及前半程所有的民宿、酒店、火车票、大巴票、船票、门票及租车服务，打印出相应单据。

通过邮件预定了为期5天的亚马逊雨林探险团。

将所有收集到的信息记录下来，按时间顺序整理成电子版旅行笔记。

网上买好所有必需品：极地防寒服、热带雨林专用驱蚊液、儿童望远镜、晕船药、红景天，做饭用的调料、给各地小朋友们的见面礼等等，等等。为了把它们都装到一个箱子里，我还买了各式各样的收纳用品。

只有一个28寸的旅行箱，作为一次拖家带口，跨越春夏冬三季的长途旅行来说，绝对算是轻装简行了，为此乐乐放弃了他的书和玩具，团团放弃了他的防噪耳机，我放弃了所有的首饰和裙子。有舍才能有得，这正是我要教给乐乐的道理。

当然，乐乐也有他自己的准备工作：

首先是恶补他的英文；

其次是熟悉每个目的地的历史和现状，为此他看完了一部叫作《大国崛起》的纪录片、一本儿童版的《孤独星球：英国》以及一本秘鲁的游记。

[在不知不觉中进入了煽情的阶段]

我并不想剧透太多，尤其是对乐乐。

我在所有准备工作中所毁掉的惊喜，我希望乐乐还能拥有。

我要佯作不经意地带他走出西斯敏斯特地铁站，让他一眼看见那金碧辉煌的大本钟，正以不真实的比例矗立在他的面前；我要趁他在车上睡着的时候开到莫赫悬崖，让惊涛骇浪的声音将他唤醒，一时间仿佛置身于世界的尽头。

一切惊喜都在路途中等待，一切真理都在万物中等待。

引用赫尔曼黑塞的一段言论：

"我不会像情书上写的那样，把我的心留在这里，我将带走我的心，在山那边我也每时每刻需要它。我是背离、变迁和幻想的崇敬者。我不屑于把我的爱钉死在地球的某一个点上。"

我和团团都是这样的人，所以我们必须给乐乐一个机会，让他也看过大千世界，让他也体验过颠沛流离，却妙趣横生的生活，这样他才有话语权，今后是靠近还是远离，那都是他的选择。

我唯一能肯定的是，在这个过程中他会迅速地成长，从弱小到勇敢，从自私到宽容，从暗无天日的森林到视野开阔的河滩，顺流而下直到漂洋过海。

这正是我们要送给他的，6岁的生日礼物。

同样的，这也是送给我和团团的一份大礼。

从某种意义上来讲，我们比乐乐更需要这次旅行，因为我们不只要成为更好的父母，还要成为彼此间更好的爱人和朋友，这是一次绝佳的，给自己充电的机会，用大西洋的海风，用北冰洋的水，用安第斯山脉上的阳光。

我们还年轻，需要什么，便去找寻什么。

没有谁是这次旅行的中心。

每个人都有自己的心愿，每个人的心愿都同样重要。

［分享］

分享并非是要博取任何人的羡慕。

事实上我很怕听到"羡慕"这个词，我不希望大家仅仅把我们的经历当作一个故事来听，我更希望你能加入我们，用你自己的方式，或早或晚，或长或短，只要你认为这是值得的，便没有不能克服的困难。

生来就自由的人并不很多，我所有的随心所欲都是被精心计划出来的。

有些道理，只有走到了某个地方，才会懂。

我期待有更多志同道合的朋友，能体会到这份快乐。

旅途开始

生吃伦敦的五个步骤

[5月5日 英国 伦敦]

刚到伦敦的那天，半夜3点我被生物钟折腾起来，看见乐乐一个人坐在他的小床上，于是有了如下一番对话：

"妈妈咱们今天去哪儿啊？"

"这取决于你想以什么样的方式了解伦敦。"

"都有什么样的方式呢？"

"比如说你想吃一个西红柿，你可以用它炒鸡蛋，可以用它炖牛肉，也可以把它生吃了。前两种也许更好吃，但你分不清什么才是西红柿本身的味道……"

"那就把它生吃了吧！"

"把谁？"

"伦敦啊，把伦敦生吃了！"

好孩子，这仅仅是旅程开始的第一天，你就给咱们布置了一个艰巨的任务。你想要生吃的可不是随便哪座城市，这里是伦敦，是包罗万象的一国之首府，也是我生活了5年，却未曾触及过灵魂的回忆之都。

可既然你说了，咱们就动手吧！

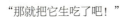

生吃伦敦的第一步：租个房子。

早在两个月前，我们就开始选择在伦敦的住宿。酒店是第一个被排除的，无论从感情上、功能上还是预算上，酒店都没有任何的可取之处。

接下来的选择是民宿，不少英国人会把家里空余的房间出租，大家共享一个厨房，一个客厅，茶余饭后可以聊聊天，遇到热情好客的房东还可以交个朋友。这是一个近距离了解当地风俗、文化的好机会，换做任何一个其他的国家都会是我的上乘之选，然而这里是伦敦，旧情深植于我的内心。我总有种自私的小情结，不希望被打上一个"过客"的标签。

即使只有短短两个星期，我也想真真正正地，像当地人一样地"住"在这里。

于是我选择了一间独立的，不与人分享的民宿，出于预算的考虑它位于伦敦的西郊，步行到最近的地铁站要10分钟；它是个半地下室，面积不大，而且设施陈旧。然而它就是我们在伦敦的家，在一个安静的小街区里，有着一切生活必需品，一个平凡而舒适的家。

4月30日夜里我拖着感冒发烧的团团，困得睁不开眼的乐乐走出地铁站，一边看着地图一边数着门牌号。房东打电话说窗子没有关，钥匙就放在窗台上，我想起当年在英国上学的时候也从来都不关窗子，忘带钥匙了就爬进去，那些经历都恍如昨日，转眼身边已是新的人、新的故事。

所幸的是英国的治安依然靠得住，我们顺利地进入了房间，客厅里铺

着柔软的地毯，餐桌上摆着相框和花瓶，有大小两个卧室，洗手间通向后院，虽然后院只有不到10平米的面积，却完美地营造出了家的氛围。

我跟乐乐说，再有个壁炉，就齐了！

接下来的两个星期里我们每天早、晚在家里做饭，中午在外面吃个简餐；乐乐最期待的是每天傍晚会准时经过的雪糕车，车上播放着嘉年华风格的欢快旋律；门前的一棵桃树从花团锦簇到绿叶成荫，飘落了一地粉红色的花瓣，仿佛一定要圆了我们这个"家"的梦想。

总体来说乐乐适应得很快，除了晚上。

到伦敦的第二天早上我看到他发了一条朋友圈，只有一张漆黑的客厅的照片，时间是我和团团睡着的两个小时之后，那一刻我真是心软了，真想叫他到主卧室和我们一起来睡，还好团团拦住了我。团团说，他总要长大，总要学会适应新的环境。

事实上小朋友的适应能力永远超乎你的想象。

第3天临睡的时候他说："妈妈，我不要求你来看我很多次，能不能至少来看我一次？"我照做了；第4天他说："妈妈，你明天早点儿叫我起床吧。"到了第二个星期，当我主动想和他换个房间以方便工作的时候，他居然拒绝了。

他说："谁要和爸爸睡啊！"

生吃伦敦的第二步：买菜，做饭。

早在来英国前我就给团团讲过学生时代的悲惨经历，比如买瓶酱油要大老远地跑到中国城，比如鸡翅都是一整根的还得自己用镊子拔毛，比如中秋节吃不着月饼，就一个人心酸地坐在草地上啃pizza。

乐乐在旁边听得一脸惶恐地问我，"那英国人都吃什么啊？"我说："他们吃冰凉冰凉的三明治，带血丝的牛排，还有加了醋的炸鱼和薯条。"

我承认我是故意把他对英国食物的预期降低。

英国曾以工业革命而闻名，以日不落帝国而闻名，以牛顿和莎士比亚而闻名，却从来都不以美食而闻名。

然而到了英国之后，乐乐发现事情并没有想象中那么糟糕，首先这里有不次于国内的中餐馆，有他从小爱吃的日本拉面，炸鱼和薯条也可以不加醋，而且还相当美味；更重要的是，超市里有太多便宜和新鲜的食材，一英镑可以买到一大盒鸡腿，两英镑可以买到一大盒提子，五英镑可以买到一大盒牛腩！

有天吃饭的时候我们闲聊，乐乐说我们有3个人，也算是一个旅行团啊，那我就是团长了！妈妈我封你当厨师，爸爸我封你当服务员！

团团不满意了，说："我不要当服务员，我要当美食鉴赏师！"

乐乐说："好吧，我封你当美食鉴赏师，但实际工作是服务员……"

就这样，我们的猴面包旅行团正式成立了，"猴面包"是我们一致通过的名字，以此来纪念一个我们都心驰神往的目的地：马达加斯加。在行程计划之初因为各方面的原因，我们用南美线取代了非洲线，虽然遗憾，但取舍的本身也是旅行的一部分，是旅者必须学会的一项技能。

生吃伦敦的第三步：去大草坪上滚一滚。

在乐乐到来之前，伦敦到处都是大草坪而且可以随便打滚儿这件事儿，对我来说没有任何的意义。

我第一次来伦敦的时候已经16岁，早就过了亲近大自然的年纪，草坪在我眼中不过是个装饰品，我完全忽略了它对一个小孩的吸引力，直到我带乐乐去皇家马厩的那天我们路过了圣詹姆斯公园，他脱开我的手滚倒在湖边的大草坪上，怎么都不肯走了。

好吧，就当你有新鲜感，我让你尽情地滚一个下午，你总该满意了吧？

事情才没有那么简单，接下来在肯辛顿宫，在格林尼治天文台，在皇家植物园，甚至在坎特伯雷大教堂我都遇到了同样的难题，草坪总能在第一时间吸引他的注意力，并且凌驾在一切景点之上。

在有湖水的草坪上他会追鸭子，没有湖水的草坪上他会追鸽子，连鸽子也没有的草坪上他依然能想出100种游戏：收集树棍、攻占树荫、炸毁我和团团的秘密基地、火烧连营……原来小孩和草坪之间有那么多默契，他们就像是两个久别重逢的朋友，永远都有说不完的话题。

别怪孩子总沉迷于电子游戏，那是因为他没有更好的选择！

在格林尼治的大草坪上我们看到有人在遛狗，扔一个球出去，狗马上给叼了回来。乐乐一脸羡慕地说："我也好想玩啊。"我刚想说"你是小狗吗"，话还没出口，只见他捡起一根树棍往远处一扔，说："妈妈你捡回来吧！"

我气坏了，说："我才不捡，我又不是小狗。"

乐乐笑着说："小狗多好啊，多可爱啊，就是职业低了一点。"

我问他："什么叫职业低啊？"

他一本正经地说："它们的职业都是看门啊，守财啊什么的，感觉都没什么地位……"

我们三个人哈哈大笑。

在那一瞬间我意识到，没必要吝啬在草坪上的时间，即使来不及去那些景点，草坪本身也是一种文化，也是这座城市日常生活的一部分。

生吃伦敦的第四步：在公园里下盘国际象棋。

如果你在早晚高峰的时候挤过伦敦地铁，或是在工作日去过金丝雀码头，你一定觉得伦敦是个节奏很快的城市；然而当你随便走进一个社区公园，你又会觉得他们的生活简直是闲到家了，看报纸的、晒太阳的、啃三明治的、聊天的，其中不乏穿着校服的学生和西装革履的上班族，你不明白他们为什么会这么闲，也不好意思问，唯一能和他们建立起交流的，就是一盘国际象棋了。

在公园里下棋也算是我们家的传统。

3年前在伦敦一个叫Golden Square的街心广场上，团团把一个英国人杀了一个秃，最后碍于人家有女伴在侧，勉强和了棋。这件事团团得意了很久，回来就开始教乐乐下国际象棋，希望将来有机会父子联手，大杀四方。

然而这次我们专程回到Golden Square的时候，原先放置巨型棋盘的地方换上了两张崭新的乒乓球桌，我们扑了个空。

我和团团说没关系，一定能让你们如愿。

于是在一个风和日丽的下午，我们来到了荷兰公园（Holland Park），这里是伦敦有名的象棋爱好者聚集地，公园的中心区域有一副比之前所见的更加巨大的国际象棋棋盘，棋子和一个蹲下来的乐乐差不多体积，在这里下棋不只是脑力运动，更是一项体力运动！

当了几局观众之后，终于轮到团团和乐乐上场，且不说棋艺如何，光是乐乐费力地拖动着棋子的画面，就引来了不少人围观照相。

第一局乐乐惨败，第二局他奋力反扑，把团团杀得只剩下一王一后，虽然最后还是被逼上绝路，却赢得了围观者的刮目相看。

一个英国大叔主动来向团团挑战，团团很快就落了下风。

乐乐悄声问我说"希望谁赢"，我说："当然希望团团赢啊，咱们不是一家人吗？"

没想到乐乐不以为然地说："团团输掉也挺好的，这样他才能学到东西啊。"

好吧乐乐，我相信你不是幸灾乐祸，你无意间的一句话，已经让我学到了很多！

生吃伦敦的第五步：听一场西区音乐剧。

在伦敦的几年，我深知西区（West End）的重要性。

你走在伦敦的地铁站里，每看到一张好莱坞电影的海报，就会看到数量10倍于它的西区音乐剧的海报；一个普通工作日的下午电影院里往往是空无一人，剧场里却永远都是座无虚席；各大商场和繁华地段都设有音乐剧的售票点，你无论如何都不可能错过；如果你这样都不动心，那站在考文特花园（Covent Garden）和西区各大剧院的门口，唱着咏叹调的卖艺人也会恰到好处地提醒着你，没听过一场音乐剧，怎么算是来过伦敦？

然而遗憾的是，我们带乐乐看的第一场音乐剧，并不是西区的。

在剧目的选择上实在是众口难调：要我和团团都没看过的，要题材适合小朋友的，要简单易懂，没那么沉闷的，要中国没有引进的，要享誉盛名的……选来选去，就只剩下维多利亚剧场的《魔法坏女巫（wicked）》了！

《魔法坏女巫》是绿野仙踪的前传，以酷炫的舞台效果而闻名。

虽然3岁以上就允许入场，但这个剧的指导年龄是7岁，加上有语言的障碍，我没指望乐乐能看得懂，甚至没指望他能安静地坐上150分钟，我们只是希望他能对这种表演形式有个初步的体验。

然而在坏女巫被人冤枉，亡命天涯的时候，乐乐紧张地抓住了我的手；在坏女巫和白女巫互诉衷肠，最后分道扬镳的时候，他的脸上也露出了同情，原来音乐的表达方式，在任何年龄段都有它的绿色通道。

就这样，我们按照我的方式，一口一口地"生吃"着伦敦。

请注意这仅仅是我的方式。

我或许比大多数游客更加了解，也更加贴近这座城市，但我还没有资格对乐乐说，我们看到的就是一个原汁原味的伦敦。

换句话说，这是一盘糖拌西红柿。

我尽可能多地保留了西红柿原有的味道，但它仍然是一个被加工过的产品，那些深植于我脑海中的观念、经历和判断给它加了糖，所以它变得甘甜可口。

所以说乐乐，我只能帮你到这里了，属于你的伦敦，还需要你自己去找寻。

一只令人尊敬的邮筒

［5月7日 英国 伦敦］

两年前我们在伦敦给乐乐买了一个皇家邮筒存钱罐，那时候他刚看完《冰雪奇缘》，注意力全都集中在"皇家"这两个字上。他心目中的英女王大概就是《冰雪奇缘》里爱莎的形象，直到我们临行前换了几张英镑，他看着钞票上的头像略有些失望地说："都这么大年纪了啊……"

我对乐乐说这个慈祥的老奶奶，她可是我的偶像！

不要认为现如今的英国王室只是个可有可无的摆设，女王陛下是个勤勉而出色的外交官，她出访过120多个国家，和善而不失皇家尊严的气质不断延展着英国的外交弹性，而英国人民对女王的感情之深厚，更渗透在他们生活的各方各面，不容置疑。

今年是女王90大寿，还没到官方庆祝的日期，民间活动早就搞得沸沸扬扬，市民们晒出了准备已久的礼物，有毛线织成的、陶土雕成的、植物和金属零件码成的巨型雕像，有各种创意的生日蛋糕，连汉堡王（Burger King）都暂时改名成汉堡女王（Burger queen）了！

2006年在剑桥大学麦格达伦学院的门口我曾和女王有过一面之缘，她身穿一袭白衣，面带微笑，从敞开的车窗里向外招手；2012年我和团团在肯尼亚，曾住在女王两次下榻的树顶酒

店里，正是这间酒店缔造出她"上山公主，下山女王"的一段佳话。

这就是我迄今为止和偶像最近的距离。

再次来到伦敦之后，我和乐乐玩了一个"收集皇家邮筒"的游戏。

我告诉他英国每个皇家邮筒上都有"花押字"，也就是一个很醒目的标记，表明这是哪位君主在位期间的邮筒。鉴于现任的伊丽莎白二世女王陛下已在位60多年，伦敦街头大部分的邮筒都是她老人家的花押字：大写的E、R两个字母，中间有个小小的罗马数字"2"。

然而如果你运气好，也能找到爱德华七世、乔治五世和乔治六世时期的邮筒，而爱德华八世和维多利亚时期的就不多见了，前者是因为在位时间太短（就是爱美人不爱江山的那位），后者是因为年代久远，可以称得上是英国历史的活化石了。

就在一连几天没什么收获的时候，我们居然在自己家的门口，是的，就在家门口这条不起眼的小街上发现了一个乔治五世的花押字！算起来这位乔治五世是现任英女王的爷爷，1910-1936年在位，也就是说这只邮筒至少有80年的历史了。它经历过二战，经历过雾都时代，经历过多少我们无从想象的阳光和风雨，它看起来破旧不堪，但它依然"活"着，依然履行着自己唯一而神圣职责：传递信件。

所以我对乐乐说，这是一只值得尊敬的邮筒！

伦敦桥要塌了

在伦敦桥下有一栋阴森森的建筑，里面是一个叫作"伦敦桥体验和鬼屋"的景点，我一直以为这是逗小孩玩的，直到一个满脸涂着鲜血的售票员对我冷不丁地一声大吼："燃烧千年的烈火在等待着你，我的朋友！"我才意识到这座桥的故事或许并不输给河对岸那座大名远播的伦敦塔。我入了戏，乐乐却给吓着了，两只眼睛紧盯着自己的脚，一步一步地往前挪。

第一个见到的是设计师John Rennie的鬼魂，他身穿一袭黑衣，站在一间昏暗的书房里幽幽地说："就在你们的脚下，在同一个位置上曾经建造了好几座伦敦桥，它们都没能逃过倒塌或焚毁的命运，你知道这是为什么吗？这就是诅咒！总有人会死在这里，你猜下一个会是谁呢？"

接下来是一个小型的展览室，简约而系统地介绍了伦敦桥的历史，乐乐对这些并不感兴趣，他在意的是有可能藏在展览室门后的，John Rennie的鬼魂。没过多一会儿门开了，一跃而出的却是一个古代罗马士兵装束的年轻人，叫喊着带我们穿过了阴沉恐怖的监狱，又踏上了反抗罗马帝国的战船。

这里讲述的是第一任伦敦桥的故事。

第一任伦敦桥，或者说是第一批伦敦桥建于2000年前的罗马统治时期，它经历过多次的整修和重建，在伦敦逐渐成为英国行政中心的过程中，同时肩负起军事和运输的功能，可谓风光无限。

然而随着罗马人的退场，伦敦失去了一国首府的地位，伦敦桥也随之没落、失修。公元10世纪它被撒克逊人重建，又在维京海盗的入侵中被摧毁；1066年它被征服者威廉重建，随后在1091年的台风中倒塌；威廉二世再次重建了它，这次它毁于1136年的一场大火，什么叫命运多舛？第一任伦敦桥就是个活生生的例子。

打败了罗马人，时间穿越到几百年后，一个疯疯癫癫、样貌猥琐的男人正在向大家炫耀他所收集的头颅和尸体，他把这些头颅放在大锅里烹煮，再穿到长矛上高高挂起，那兴奋的神情，仿佛是在完成一件了不起的工作。

这里讲述的是第二任伦敦桥的故事。

1176年亨利二世国王开始修建第二任伦敦桥，原先的木质结构被坚固的石材所替代，这是一座很漂亮的石桥，有19个桥洞，桥面两侧建有高达7层的商铺和民居，中间仅留出一条4米宽的通道，供马车和行人通过。

尽管桥面上的建筑被多次焚毁，尽管桥体因为河水结冰等问题多次出现局部的坍塌，但它总算是撑过来了，直到600多年后第三任伦敦桥开始

动工修建的时候，它依然横跨在泰晤士河上，担负着重要的职责。

然而在漫长而黑暗的中世纪，这座桥上却有着一道不一样的风景，从1305年苏格兰独立运动首领William Wallace被处死之后，统治者们养成了将那些背叛者的头颅挂在桥头示众的习惯，到1598年，一位德国旅行者曾在这里看到了至少30个头颅并记录了下来，那番场景，想想也叫人毛骨悚然。

从1666年的伦敦大火中逃生之后，我们来到了一个乌烟瘴气的市井之地，时间已穿越到19世纪末期，开膛手杰克的年代，据说他就藏身在这里，一声凄厉的尖叫从远处传来，这里讲述的正是第三任伦敦桥的故事。

第三任伦敦桥建于1824年，它的设计者正是刚才出场的那位设计师John Rennie，与它的前任相比，这座285米长，15米宽的石拱桥并没有那么花哨，然而它的结局却更加圆满。1968年，在经历了桥体逐年下沉、两侧不平衡等问题之后，它以246万美金的价格被卖给了一位美国富商，随后被拆分成小块运到了亚利桑那州的哈瓦苏胡城（Lake Havasu City），在那里被原样重建。

最后，在我们脚下的是第四任伦敦桥，1973年被伊丽莎白二世女王宣布开放，它的外观朴素到没有任何一个游客会与它合影，可它依旧叫作伦敦桥，是唯一一座，见证了这座城市2000年风云变化的历史之桥。

从罗马帝国的统治到维京人的入侵，从诺曼征服到中世纪动荡的王权，从大火、黑死病到开膛手杰克，这座桥从不完美，这座城市从不完美，她平凡如路边的花草，却有足够的胸怀去调侃、分享、并且传承。

我真佩服这景点的设计者，说好了是来玩儿的，莫名其妙就学了知识，煽了情。

接下来是20多分钟的鬼屋体验，游客们排成一队，手搭着前面的肩膀，走进一条惊险丛生，却绝不能回头的墓穴通道。开始之前有工作人员提醒说，心脏不好，或是受不起惊吓的人建议提前退出，乐乐在下面扯着我的衣服让我举手，我硬着心肠说，想退出的话请自己举手，他环顾了一圈，最终还是忍下来了。

我是那种生怕这世界上没有鬼的人，所以鬼屋吓不到我。

相比之下团团更有发言权，他说就恐怖程度来说，这里可以打80分。

乐乐全程闭着眼睛，搂着我的腰，跟着队伍一路小跑。他从小就是个异常谨慎的孩子，打从不会说话的年纪开始，没吃过的东西不会放到嘴里，没见过的人不会靠近身边；临行前带他去看《功夫熊猫3》，他找了一大堆借口，怎么也不敢戴上3D眼镜。我跟自己说不能太心软了，男孩子嘛，早晚得锻炼一下。

然而乐乐并没有想象中那么害怕，一路兴高采烈地让我给他描述所见的场景，这倒让我有些失落了。

晚上我和团团聊着天，突然想起那首《伦敦桥要塌了》的著名童谣：

"London Bridge is falling down,

falling down, falling down,

London Bridge is falling down,

My fair lady."

（"伦敦桥要塌了，

要塌了，要塌了，

伦敦桥要塌了，

我美丽的女士。"）

网上一查来历，一个不怀好意的睡前故事就来了。

我跟乐乐说，这首童谣在很多不同的国家，以不同的语言流传了很多年，而它的根源可以追溯到几百年前的英国，当时的伦敦桥年久失修，弊病丛生，在市民们看来它的倒塌是早晚的事情。

那美丽的女士又是谁？

有一种说法是指当时的英国王后。按照当时的规定伦敦桥的过路费都是王后的个人收入，而这位王后却没有尽到维护的职责，一旦伦敦桥塌了，王后娘娘的私房钱就没有了，所以这首歌要唱给她听。

另有一种说法，说这位女士指的是民俗学家Alice Bertha Gomme，也就是Lady Gome，她曾有一个著名的观点，就是古代伦敦桥的建筑者会选择一些儿童作为牺牲者，这些儿童有可能被活埋在桥基之下，他们的灵魂将守护这座桥，永远不会倒塌。

乐乐不以为然地说："那最后还不是塌了吗，可见埋小孩的事儿是假的。"

好吧，看来是吓不着你了。

晚安！

停电了！

这一天我们决定分头行动，我带乐乐去逛大英博物馆，团团自己去看电影。

我俩喜滋滋地逛了一个下午，然后去中国城买了不少的调料、零食和蔬菜，有说有笑地走在回家的路上，天空开始飘下蒙蒙小雨，把我们的衣服和鞋都淋湿了，赶紧回家洗个热水澡，这是我此刻最盼望的事情！

到家后习惯性地开灯，才发现停电了。

说实话，英国的基础设施还是挺靠得住的，在我的印象中从来没有遇到过停电。一开始我并没有慌，而是冷静地整理出来几种可能性：跳闸、整个区域停电，或是房东忘交电费了。

我当然希望是第一种，可找遍了整间公寓也没看见电闸。

其次希望是第二种，可推门出去之后发现左右两侧的邻居都没有异动，而街对面的公寓是亮着灯的，在那一瞬间我的心里才开始崩溃，难道真是房东忘交电费了吗？

唯一存着房东电话的手机在团团那里，他说要连看3场电影很晚才会回来，我的电话没开国际漫游，要联系团团只能靠微信，然而没有电就没有网。

3个人
环游地球

不止没有网，热水也没有，煤气也点不着。

半地下室的采光本来就不太好，加上阴雨的天气，虽然只是下午6点多屋里已是漆黑一片。我心里盘算着，等会儿如果要叫房东过来的话是否要提前收拾一下客厅里的杂物和水槽里的碗盘，团团手机没电了怎么办，房东不接电话又怎么办……乐乐在这个时候开始无聊，磨着我陪他说游戏里的事情，我承认自己的情商一向都不怎么高，所有的负能量在这一刻奔涌而出，我几乎要对他发脾气了，想想还是忍住，一个人蜷在沙发的角落里，一语不发。

我想到自己辛苦计划了几个月之久的这次环球旅行，就在出发的前一天团团突然感冒了，发高烧到39度；乐乐长了一身的红色小包，不知道是过敏还是被什么虫子咬的，我心里忐忑不安，差点就改签了机票。

好不容易飞到了伦敦的希思罗机场，托运的行李却不见了，去柜台查询，人家说行李因为不明的原因留在了北京，最快要明天才能送来。

我们所有的洗漱用品和充电器都在行李里，手机只有不到一半的电量，于是我们哪儿都不敢去，一直等到第3天中午才和行李团聚。

这才没过几天，居然又停电了！

如果是在北极，或是在秘鲁的热带雨林里遇到什么困难也就算了，可这是英国，是整场旅行中我最放心，最有把握的部分，英国尚且如此，之后又会怎样呢？

乐乐看起来一点儿都不忧愁，他一个人在客厅里上蹿下跳的，玩着类似于角色扮演的游戏，一会儿攻城，一会儿又守城。我问他："停电了你不着急吗？"他说："不着急啊，妈妈你也别着急了，还是陪我玩一会儿吧。"

在这一点上我真不如乐乐，小孩子的无忧无虑，真是我们丢掉了就再也找不回来的宝贵天赋！

　　7点多，一个邻居回来了，他说家里一切正常，正在我绝望的时候另一个邻居走过来，说附近有好几家都停电了，电力公司说是因为下雨的关系，最多一个小时就能修好，我长吁了一口气，总算是放下心来！

　　那天晚上一共停了4次电。

　　第二次停电的时候电我正在洗热水澡，刚打上洗发露灯灭了，然后水凉了；第三次停电的时候团团已经到家，我们摆好了一桌丰盛的晚餐，刚拿起刀叉灯又灭了，伸手不见五指。就连脾气最好的乐乐也有点儿烦躁了，撅着嘴问："这饭咱们还吃吗？"团团安慰他说："当然要吃了，你不觉得很浪漫吗？"

　　我们齐心协力用两个手机和一个IPad营造出了烛光晚餐的效果，乐乐终于满意地笑了，我的一切负面情绪也随之烟消云散，我甚至想象不出来刚才为什么那么着急，不过是停电，不过是一件稀松平常的小事。

　　可人就是这样，只有一颗心和两条腿，很容易就想偏了，走错了。

　　好在我们有3个人，一共有3颗心和6条腿，有人偏向这边，就有人偏向那边，我们彼此影响着、牵制着，最后总能找到正确的方向。

　　我知道，在接下来的3个月里我们一定会遇到更大的困难，但在这些困难的背后就是我所向往的大千世界，越过了它们，哪里都是我们的烟柳繁华地，温柔富贵乡。

蹲下来的世界

［5月14日 英国 伦敦］

这天我们途径伦敦塔（Tower of London），只见几个古老的塔尖之中掺杂了一个现代化的建筑，也就是伦敦碎片大厦的尖顶。我很兴奋地对乐乐说："快看，这就是一种不和谐的美！"

乐乐对着我手指的方向看了半晌，勉强地"哦"了一声。

团团说他还太小，体会不到什么是不和谐的美，于是我不再多言了。

返程的时候我们再次经过这里，偶然蹲下来系鞋带的时候我才发现，以乐乐的视角根本看不到任何一个塔尖，在比他还高的塔桥栏杆的遮挡下，他只能看到天上的白云和飞鸟，他心中一定不解，哪里不和谐了？

幸好，他可以透过栏杆上的镂空部分看到停泊在泰晤士河上的贝尔法斯特号巡洋舰，这又是我和团团未曾留意到的，相差50多厘米的身高和20多岁的年纪，我们眼中的世界竟如此不同。

乐乐，请时刻提醒我，蹲下来看一看。

大自然给每个人生阶段都分配了适当的特质，即使我蹲下来，挖空心思去分析、揣测和试探，小孩子的心永远都是个谜；我可以厚着脸皮去模仿他的语言和表情，却模仿不出他的所思所想。

所以请时刻提醒我，不要再自说自话，以己度人。

几天前就是在这里，我给伦敦塔桥来了一个无比华丽的登场，我以为乐乐会很兴奋，毕竟这是他念叨了一路最期待的一个景点，而塔桥的外观也足够让人惊艳，没想到他冷冷地答了一句："哦，在那儿呐，好像纸糊的啊……"

　　我们转了将近两个小时的车带他去看《哈利·波特》的摄影棚，以为这会是他的兴趣点，可事实上他全程都很无聊，只有在"骑扫帚"的时候才表现出了少许的热情。

　　可他出乎意料地对草坪上了瘾，可以凭空玩上好几个小时；他喜欢所有街头艺人的音乐，喜欢去超市买菜，喜欢在博物馆里猜展品的年代；他发明了一种可以边走边玩的游戏，我弄不清那些奇怪的规则，但只要随声附和几句，他就眉飞色舞了。

　　我们有着不同的脑回路。

　　有次团团取笑他说："乐乐靠得住，母猪能上树。"

　　他的第一反应是："那只猪叫什么名字？"

　　我有种感觉，我们往往是对着对方身上，属于自己的那个世界说话，不止我和乐乐有这样的隔阂，我和团团也有。

　　但是没关系，不管我们眼中有多少个不同版本的伦敦，不同版本的彼此，我们依然是相亲相爱的猴面包旅行团，依然会结伴而行。

　　蹲下来的世界是属于你的小秘密，能盗走它的，唯有时光。

爱尔兰的绿野仙踪

[5月19日 爱尔兰 莫赫悬崖]

　　以往对爱尔兰的了解仅限于都柏林，"翡翠之岛"这个名号也太过平凡，我们自诩是见闻广博之人，没将它放在心上，可它却借着大好的春色，狠狠地把我们嘲笑了一番。

　　从都柏林租车，西行300公里到凯里郡的小城基拉尼，以这里作为起点向西南画一个圈，就是全长179公里的凯里之环（Ring of Kerry），其中包括基拉尼国家公园的一部分，以及沿途星罗棋布的古宅、城堡、园林和教堂。

以这里作为起点往西北画一个圈，就来到了美丽的丁格尔半岛，这里是爱尔兰岛的最西端，有大西洋的惊涛骇浪，有绵延不绝的沙滩，以及不绝于耳的，海鸟的嘶鸣。

以这里作为起点一路北行，会到达莫赫悬崖，这里是欧洲最高的悬崖，鳞次栉比的断层犹如一本巨大的书册；从这里向东返回都柏林，一路田园村镇，又是一番不同的风景。

我想说这一场名副其实的绿野仙踪。

首先它真的很绿，从山脊到丘陵，从良田到牧场，偶尔有农舍、牛羊和湖泊点缀在这一望无际的沃野之上，可谓是"长郊草色绿无涯"。

其次它真的很仙，不论是布满青苔和藤蔓的废弃的古堡，林中偶遇的精灵小屋，还是那飘忽不定，几乎触手可及的云雾，都在暗示着一个魔法世界的存在，我们几次把车停在路边散步，却全然不见人烟。

然而不巧的是，我们一直和"水"结缘。

在凯里之环的Derrynane House，我在地图上看到两公里之外的海滩上有一座教堂，满心期待想要走过去看看，然而团团更倾向于参观古宅的内部，毕竟这里曾是爱尔兰独立运动领袖丹尼尔·奥康奈尔的家。于是我们兵分两路，对展览不感兴趣的乐乐决定跟着我，一起去找教堂。

走到差不多一半的时候，乐乐一不小心掉进了花丛边的污水沟里，下半身顿时就湿透了，还附着了不少的烂叶子和泥沙。他光着脚站在草地上怎么都不肯走了，说一直要等到全身被晒干为止。

我好说歹说地劝他穿上了鞋，是继续去找教堂还是马上回去呢？按照乐乐的第一反应肯定是回去，可我心有不甘，于是用种种的好处来诱惑他：白沙滩，漂亮的照片，可以和爸爸炫耀等等，等等。最后他总算同意了，拖着湿答答的鞋子，一脸委屈地往前挪着。

然而我们的坚持总算换来了峰回路转：那是一片真正的白沙滩，皎洁细腻，而且空无一人；乐乐所有的沮丧都一扫而空，伴着海浪的节奏在沙滩上欢快地奔跑；我也找到了那座教堂，它出乎意料地古老，古老到只剩下断壁残垣，在此情此景之下，实在是比一座完好的、使用中的教堂更加让人惊喜。

我对乐乐说，困难往往并没有你想象中可怕，而克服困难的回报却比你想象中更加丰厚。

第二天，我们听从民宿老板的建议去邓洛隘口（Gap of Dunloe）徒步，走出没多远就开始狂风大作，紧接着下起雨来。我们三个人只有一把不顶用的雨伞，头发、衣服、鞋子瞬间就湿透了，乐乐很不情愿，一直催问着："还有多远啊，还有多远啊……"

团团很严肃地对他说："吃不了苦的人，将来会寸步难行。"

接下来就是去莫赫悬崖的那天，天气预报说降水概率是30%，我们住的民宿在郊外，不太方便补充雨衣、雨伞之类的装备，抱着侥幸的心态一路开过去，果然，又是一场倾盆大雨！

与前两次相比，乐乐这次淡定了很多，鞋湿了没说什么，脸湿了也只是在我的衣服上蹭蹭。

此时的莫赫悬崖没有晴天时的美艳，能见度也不高，然而我对它却一见钟情。

我主张至少走到第三个崖顶，为了这个自私的心愿我们三个人趟了一路的泥浆，我的脚也磨破了，让我意外的是乐乐没有一句抱怨，除了遇到水坑的时候要求团团把他抱过去之外，他一直默默地拉着我的手，跟在我的身旁。

我们把唯一的雨伞让给了他，他却打不好，一直被风吹翻。

团团调侃他说："你怎么连雨伞都不会打啊？"

他说："我还小啊。"

团团说："你看刚才那个小孩比你小多了，人家怎么会打啊？"

他狡黠地一笑，说："可能人家受的教育比我好吧！"

团团哑口无言。

我在旁边走着，听着，笑着，数米之外就是波澜壮阔的莫赫悬崖，我突然觉得人生在这一刻是完美无缺的，所有珍贵的东西都在掌握之中，就像是铁皮人找到了他的心，稻草人找到了他的头脑，狮子找到了他的勇气，桃乐茜回到了自己的家。

我在翡翠之岛的奇遇，正是我暌违已久的坚强和自由。

赴一场华丽的晚宴

［5月20日 爱尔兰 香侬］

在爱尔兰的克莱尔郡有个小镇叫作香侬，在香侬镇的郊外有一条香侬河，在香侬河一条支流的岸边矗立着一座中世纪风格的古堡，今晚，我们将在这座古堡中赴一场华丽的晚宴。

穿过一片19世纪乡村风情的街道和小屋，宾客们已聚集在古堡的门前等候，5台一字排开的炮车似乎在暗示着它硝烟弥漫的光辉历史，而穿着宫廷晚装、面带笑容的侍者们则让你的心情放松下来。今晚，这里没有战争和杀戮，只有悠扬的音乐、醇馥的美酒和上乘的佳肴。

5点半，party正式开始。

宾客们依次走过木质的栈桥，穿过狭窄的木门，从陡峭的石阶攀缘而上，来到一间相对宽敞的大厅，围坐在地板上。

一位身穿绛紫色礼服的老年绅士和一位身材丰盈的年轻姑娘站在门前，以优雅的古礼迎宾。他们称男士为"My lord"（尊敬的阁下），称女士为"My lady"（尊贵的夫人），我问乐乐，你猜他们会叫你什么？

乐乐说："Young gentleman（年轻的绅士）吧。"

这段回忆源于一年前的圣彼得堡，在埃尔米塔日博物馆酒店的西餐厅里，一个身穿燕尾服的侍者全程称呼他为"Young gentleman"，没有给他儿童餐具，一切按照成年人的礼仪招待，这让他倍感自豪。当时乐乐还不到5岁，这是为数不多的几件小事，一直牢记在他的心里。

然而今天在这古堡中，他升级成了"Young prince（年轻的王子）"，除了价格之外，依旧是享受着成年人的待遇。

他日后或许会忘记这座古堡的名字，却一定会记得这份平等和尊重。

团团是司机不能喝酒，于是我连喝了两杯迎宾的波特酒，以我的酒量这算不了什么，可不知怎么的，突然就上了头。

坐在这古老厅堂的地板上，仰视着四周围的挂毯、铜像、浮雕，每一件都满载着数百年的，浓郁的岁月；台上有人在演奏着竖琴和小提琴，旋律轻快悦耳；我听着刚才那位年老的绅士绘声绘色地讲述着古堡的历史，第一任主人，第二任主人，连年的战祸，还有美味的蜂蜜，我晕乎乎的，只是跟着大家傻笑。

乐乐怕我喝醉，一直拉着我的衣服劝我别喝了，我对他摆摆手。

在繁华的墨西哥城，三毛想告诉她年轻的助手米夏："人生又有多少场华丽在等待？不多的，不多的，即使旅行，也大半平凡岁月罢了。"

我或许比很多人幸运，至少我远走到异国他乡，每天都看着不同的风景；然而真正让我感到痛快淋漓的又有几次？

不多的，不多的。

　　环游世界只是个地域上的概念，我们只是在不同的地理位置上复制着自己一成不变的生活方式和思维逻辑，换句话说，这并非是一场天马行空的旅行，我们背负着自己以往的小世界，忠诚而勤勉地实现着它的愿望。

　　所以说，快乐是我们最珍贵的客人，请千万要善待于她。

　　迎宾仪式结束后我们来到位于二楼的中世纪宴宾厅，依次就座准备用餐。说实话我真是饿了，在爱尔兰的这几天一直很辛苦，就在几个小时之前我们还在倾盆大雨中奔波，此刻在摇曳烛光的渲染下，我们对美食的需求简直再迫切不过了。

　　相传先前的古堡女主人也是在这里宴请宾客。

　　700多年前，英格兰国王亨利三世将这片土地授予了诺曼人Robert De Muscegros，他在这里建造了第一个防御堡垒。在那个动荡的年代里，堡垒多次经历了倒塌、重建、易主，直到15世纪晚期，有权有势的MacNamara家族把它建成了现有的结构。1954年，第7任Gort子爵购置了这座古堡，在政府机构的协助下对它进行了全面的修复，并作为国家纪念馆，终年对游客开放。

　　不论是厚重的木门，拱形天顶，还是身着古装的侍者都仿佛将时间定格在了它鼎盛辉煌的年代，宾客们都严格按照中世纪的程序用餐，没有叉子，只有一把餐刀和手，每次上菜的时候刚才那位年老的绅士都会讲几个

笑话活跃一下气氛，其实哪里需要，陶罐里的葡萄酒早就晕红了宾客们的脸，大家纵情谈笑着，好像是宫廷电影中的场景。

我可以负责任地说，这绝对是我们出门以来吃得最丰盛的一顿了：头盘是蔬菜浓汤，主菜是蜜汁排骨和烤鸡配小土豆，甜品是奶酪蛋糕，口味浓厚而且分量巨大。餐后，在传统竖琴的伴奏下工作人员们聚在壁炉前唱起了爱尔兰传统民歌，这是一个极具亲和力的民族，如果说古堡见证了它饱经风霜的历史，音乐则诠释了它乐观开朗的性格，虽然是第一次听，却有种莫名的熟悉，忍不住跟着低声哼唱。

乐乐偷偷在桌子下面玩起了Ipad，这场晚宴对他来讲的关键词是"城堡"、"排骨"和"Young prince"，至此已经全部圆满了；对我和团团来说还有美酒、文化，还有觥筹交错的浪漫情怀，我们不过是旅途中的平凡人，哪里有那么多百转千回的故事，所以我们要留住这一刻，我们要杯水兴波。

人生中为数不多的华丽，这算是其中的一场，可我终究还是不甘心，不甘心陷入任何一个预先知道的结局。旅行不是万能的，人心也不是万能的，但它们往往能化腐朽为神奇，让好戏永不落幕。

永不，落幕。

至少在这一刻，我对此深信不疑。

乐乐的日记1

今天我被爸爸说了一顿，因为我练功的时候踩到了妈妈的脚，却没有和她道歉。

我说了我不是故意的，但爸爸说不管是不是故意的，都必须第一时间向别人道歉，我问他第一时间是几秒钟，他好像更生气了，又说了我好多其他的错误，却一直没告诉我到底是几秒钟。

我怕他会一直说到下车，还好，我很快就找到了一个机会，认了错，这时候最后几个英国人也下了车，车上只剩下我们3个人，爸爸终于不生气了，还说要给我讲个故事。

对了，忘了告诉大家，我们刚从爱尔兰回来，现在坐着火车去剑桥。

我终于不用10点就上床睡觉了，因为我们上车的时候已经10点半了。听妈妈说这是一辆超级慢车，要停好多好多站，我希望它再多停几站，最好12点都到不了，这样的话我可就赚了！

爸爸开始讲故事了，他问我有没有注意到每个车站都有一个站牌，我说注意到了，窗外就有一个，白色的，上面写着我看不懂的英文。

他说："很久以前有个住在剑桥的人，每天要去伦敦上班。有一天他加班了，坐着最晚一班火车回家，火车停了很多很多站，其他乘客都下车了，只剩下他一个人，他觉得好困，很快就睡着了。"

"终于，火车到了剑桥站。"

"下车的时候他发现了一件怪事：这里的站牌是黑色的。他越看越觉得不对劲儿，以前明明是白色的啊，难道是他记错了吗？"

"他走出车站来到了大街上，这时候起了很大的雾，什么都看不清楚，他走着走着，突然有一辆马车从他身边经过，车上的人都穿着古装。他吓坏了，赶紧往家里跑，他发现街道的位置和记忆中一样，但是街道两边的建筑全都变成了古时候的样子，地面也变得凹凸不平，害他差点儿摔了一跤。"

"好不容易到家了，他发现自己的房子还在，只是里面好像住着别人，屋顶的烟囱里还冒着烟。"

"他心想，我家的壁炉早就不用了，烟囱也早就封死了，这不是在做梦吧？"

"他打了打自己的脸，可惜没有醒，他这次是真的来到了维多利亚时代的剑桥！"

哈哈，我知道谁是维多利亚，她是现在英国女王的曾祖母。我们最近一直在玩一个叫"找邮筒"的游戏，妈妈说最难找的就是维多利亚时代的邮筒。我先找到了一个女王爷爷的邮筒，他们说我已经很厉害了！结果你猜怎么着，我后来还真找到了一个维多利亚时代的邮筒！我会让妈妈附上一张我和邮筒的合影，作为证明。

对了，我得接着讲那个故事了，我问爸爸："那个人后来怎么样了啊？"

爸爸说："他开始觉得很害怕，后来又觉得很新鲜，第二天他到处去参观，还交了几个新朋友，大家都觉得他穿的衣服很奇怪，他却不敢告诉别人，他是一个来自未来的人。"

"到了晚上，他开始想家了。他抱着试一试的心情坐上了最后一班从剑桥开往伦敦的火车，上车之后他就拼了命地睡觉，结果还真睡着了，一觉睡到伦敦的利物浦车站。下车之后他发现站牌是白色的，周围的一切也非常熟悉，他高兴极了，他终于成功回到了现代！"

"后来他有很多次都尝试着坐最后一班车往返于伦敦和剑桥之间，每次都在车上睡觉，却再也没回到过维多利亚时代。他给那天晚上到过的地方起了个名字叫黑剑桥，他给很多人都讲过这个故事，却没有人相信他。"

我说："然后呢？"

爸爸说："没有然后了。"

我想起来爸爸特别爱看电影，我就说："这个故事不是真的吧，是你看的电影吧？"

爸爸没回答我，他说："你睡一会儿吧，说不定一会儿咱们就到黑剑桥了。"

我才不睡呢，我一点儿都不困，我觉得我可以坚持到明天早上。

到剑桥的时候已经12点了，下车的时候我看了一下站牌，是白色的。

我们打车去妈妈租好的民宿，我觉得剑桥的房子还挺像古代的，可惜街上没有人，看不到他们穿什么衣服。司机叔叔有点儿不正常，下车的时候他非要我做一个大力士的动作，摸我胳膊上的肌肉，吓了我一跳。

妈妈租的民宿在一个特别偏僻的地方，我问她这次房子的主人把钥匙藏在哪了，她说这次是密码锁，密码已经发到她手机上了。

我告诉爸爸："有这么先进的锁，就肯定不是古代了。"

进门之后我又吓了一跳，这房子好大啊，还有一个楼梯呢！我脱了鞋跑到二楼，发现上面有一个洗手间和两个卧室，我马上把这个好消息告诉了爸爸妈妈，他们也特别高兴，到处去参观，都忘了让我睡觉的事儿了！

妈妈在厨房的桌子上找到一封信，是房子的主人留给我们的，信上说这个房子是维多利亚时代的，壁炉和烟囱都可以用，但是要自己去买炭。

哈哈，这真是太有意思了！

知道了这是一个古时候的房子之后，我才发现它的确实是挺旧的，尤其是餐厅里的钢琴，还是木头做的呢，你们谁见过木头做的钢琴啊？二楼的地板是黑色的，

走在上面会咯吱咯吱地响，我还在上面发现了一个洞，这个洞可厉害了，我用铅笔往下捅，发现它特别深，但是又没有通到一楼，于是我猜测一楼和二楼之间是不是还有一个夹层啊，爸爸也说这是有可能的。

爸爸的发现是一个很古老的大箱子，就放在一个衣柜的上面。我还是第一次见到铁做的箱子，锁的地方都生锈了，可能永远也打不开了。

妈妈的发现是书架上的书，她说房子的主人应该是一个鸟类学家，因为所有的书都是和鸟类有关的。不只是书，房子里很多地方都有鸟的图案，比如玻璃上和沙发的靠垫上，餐厅里还摆了几个鸟的标本，吃饭的时候看着还挺恐怖的。

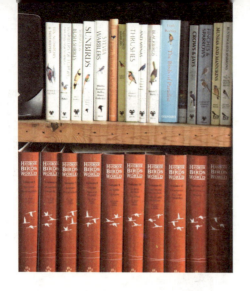

　　我的卧室很小，应该是个儿童房，但我在衣柜里找到了几件房子的主人没有带走的衣服，一看就是大人穿的，于是我和爸爸就开始讨论这个房子以前发生的故事。

　　爸爸猜："这里曾经住着一对鸟类学家夫妻，他们有一个儿子（这是从儿童房的颜色看出来的），这个儿子很喜欢旅行（这是因为他的书架上有几本游记），后来这个儿子长大了，这对老夫妻也退休了，他们就一起环游世界去了，所以这个房子就租给了我们。"

　　我猜："这个住在儿童房里的儿子才是那个鸟类学家，后来他也退休了，和爸爸妈妈搬到别的地方住了，所以这个房子就租给了我们。"

我们让妈妈当裁判，妈妈说她也不知道谁猜得对，因为这个房子真的很神秘。

说不定这里就藏着去往黑剑桥的入口。

说不定入口就是那个打不开的大铁箱。

说不定就是地板上那个奇怪的小洞，入口就藏在一楼和二楼之间的夹层里。

这时候灯突然闪了一下，我们几个都吓了一跳。

我问："明天咱们去哪儿啊？"

妈妈说："明天咱们不出门，这个房子就是咱们在剑桥的第一个景点。"

我说："房子怎么能当景点啊？"

妈妈说："只要你觉得好玩，房子也可以是景点，壁炉也可以是景点，地上的洞也可以是景点……"

我不会提醒他们，现在已经夜里两点了，我可真是赚了！

我一点儿也不困，真希望每天都能这样。

真希望明天可以穿越到黑剑桥！

我有一个跟屁虫

[5月28日 英国 剑桥]

今天我得意扬扬地写下这篇文字，因为我有一个宇宙无敌的跟屁虫。

这是一个阳光明媚的早晨，我带着团团和乐乐，来了一场即兴发挥的"剑桥怀旧之旅"。我带他们参观了我15年前在火车站旁边租过的房子、我高中时期的母校CCSS，以及大学时期的母校麦格达伦学院。我们在麦格达伦学院的门口上船，沿着剑河一路向南，这是我以前从宿舍走向科系大楼的必经之路，两岸都是各大学院的后花园，直到那座著名的数学桥。

不论是谁，不论在哪个季节，不论从什么角度来看，这座城市的美丽都是不由分说的，我来不及去煽动团团和乐乐，自己先动了情，像是打开了一个尘封已久的瓶盖，往事"腾"地一下从瓶子里冒了出来，暖意也随之涌上心头。

　　撑船的小哥一路介绍着沿途学院的奇闻逸事，团团带几分炫耀地告诉他，我媳妇儿以前就是剑桥大学的学生，学经济的。一船人都羡慕地看着我，乐乐也跟着得意起来，他很专心地听着我和团团给他翻译的内容，心里默默地盘算着。

　　我知道，他想来这里上学的念头由来已久了。

　　在伦敦的时候，有一天我们带他去帝国理工学院，正好赶上了一场嘉年华，校园里有各式各样的老爷车、吹泡泡机，还有现场乐队在演奏。那天乐乐简直是玩疯了，怎么都不肯走，于是我趁机问他："这个学校好吗？"

　　他说："好。"

　　我追问道："那你以后想来这里上学吗？"

　　他狡黠地笑了笑，说："不想。"

　　我说："在英国除了牛津和剑桥，这是最好的学校了。牛津和剑桥都在小镇上，这个学校在伦敦，你不是最喜欢热闹了吗？"

他想了一下，委婉地说："这里太吵了。"

我故意为难他说："这里平时也不吵的。"

他又想了一下，振振有词地说："我不想学理工，我比较想学经济。"

可能是怕我再找茬吧，他很快又补充了一句："我就是想在一个比较安静的地方，找一个排名比帝国理工更靠前的学校，学经济。"

我心想，真是个小跟屁虫。

3年前我和团团刚开始经营微信的订阅号，乐乐常在一旁听我们讨论工作，那段时间他逢人就说，自己将来的职业是自媒体；后来我出版了第一本游记，他又改口说自己将来的职业是作家。

临行前我逗他说："你每次都和爸爸妈妈一起出国，你去过的国家就永远不可能超过我们了。"他不服气地说："等我18岁了就可以自己去很多国家了。"我说："18岁了你就要上大学了，哪儿有那么多时间呢？"他说：

"那就等我大学毕业吧。"我说："大学毕业了你又要工作了，还是没时间啊。"他想了想说："我要和你一样做个自由职业者，我要写一本特别好的书，卖很多钱，然后就可以出去玩儿了。"

我问他："你打算写什么样的书呢？"

他说："写游记。"

真是个小跟屁虫。

那天在剑桥，我详细地给乐乐解释了在英国考大学的流程，我们从下船的地方一直走到了三一学院的门口，坐在了那棵传说中砸了牛顿脑袋的苹果树下。团团趁机教育他说，想要考上剑桥大学就必须要好好学习，成绩不好就没办法了。

乐乐很担忧地问我说："妈妈，成绩能遗传吗？"

我说："成绩不能遗传，但我可以教给你一些方法。"

"取得好成绩的方法吗？"

"不，只是获取知识的方法。"

"知识比成绩还重要吗？"

"是的，知识是通往自由的捷径，你可以成绩不好，但一定要做个有知识的人。"

他想了想，然后固执地说："我觉得成绩和知识一样重要，因为只有成绩好才能考上剑桥大学，是不是？"

孩子啊，成绩也许不能遗传，对剑桥的这份情愫，却莫名其妙地遗传了下来。

所有我的过去和团团的过去，都是我们眼巴巴想要送给你的礼物，终有一天你不再模仿，不再当跟屁虫了，它们就变成了你打造新生活的一件工具。我希望它们能垫高你的脚，哪怕只有区区一寸，也能让你看到更多的选择。

你的目光会越过我们的头顶，我们也会在你的瞳孔中看到一个前所未知的世界。

那个世界，从某种意义上来说，也是我们过往人生的一个传承。

一步之遥

旅行和打仗一样，也讲求天时、地理、人和。

拿我们爬布道石的这一天来说，天时和地利都齐了：一场大雨过后，天空在我们抵达山脚下的一刻开始放晴，空气清新如洗，鸟儿们欢快地在头顶盘旋；604米高的布道石像一把利刃垂直插入了吕瑟峡湾，它兼具了悬崖的奇绝、山峦的美艳和峡湾的恬静，美国的CNNGO网站评出了50个全球最壮丽的自然景观，布道石名列首位。

然而人和却出了问题：一向最靠谱的团团，偏偏在这一天掉了链子。

从凌晨两点被第一通电话吵醒之后，团团就开始没完没了地处理工作，我在半睡半醒间一直听到他说话和打字的声音，提醒他第二天要爬山，他却不以为然。

　　早上9点我们从斯塔万格出发，先坐渡轮，再转大巴车前往登山步道的起点。一路上我和乐乐都兴高采烈的，团团却不太搭理我们，一直忙着打电话，语气颇为急躁；好不容易电话打完了，开始爬山了，睡眠不足的他又走不动了，气喘吁吁地拄着一根树棍儿，远远地跟在后面。

　　去布道石没有捷径，只有一条4公里长的崎岖山路，指导的登山时间是两个小时。

　　乐乐在这方面是最好强的，5岁的时候就能全程走完亚丁、九寨沟和黄龙，区区4公里的山路对他来说只是小菜一碟；然而团团走不了多远就要休息一会儿，眼看着我们被一群老年人超过了，又被一对带着3个孩子的夫妻超过了，最小那个孩子还抱在手里，他当然不服气，紧催着拖后腿的团团，真有种恨铁不成钢的感觉。

　　这条路并不平坦，大部分的地方没有修台阶，落脚之处都是天然的，大小不一的石块，狭窄的地方要侧身而过，陡峭的地方要手脚并用，对大人来说或许辛苦，对小孩子来说却是其乐无穷的。

　　一公里过后视野变得开阔，二公里过后景色已非常迷人，山腰间点缀着星星点点的湖泊，远处有云雾缭绕的峡湾，沿途没有任何建筑，没有厕所、小卖部之类的公共设施，只有隐藏在草丛中的小型指路牌，标示着布道石的方向和距离。

两个小时过去了，我们还在向着第3个一公里奋斗，两只萨摩优雅地超过了我们，过了一会儿一只吉娃娃也蹦蹦跳跳地超过了我们，我劝导乐乐说，要体谅爸爸工作的辛苦，更要享受这登山的过程，山顶并不是我们唯一的目的，这条路的本身也充满了乐趣和挑战，匆匆而过的话未免可惜。

　　乐乐终于放松下来，在如此美景之下，谁又能心情不好呢？

　　终于到了第4个一公里，坡度变得平缓，景色从秀美变得壮阔，随处可见嶙峋的陡石，仿佛被一把巨斧凌空劈开。乐乐边走边问我到了吗？是这里了吗？我知道还有段距离，查过太多有关布道石的资料，看过太多张照片，自以为对一切已烂熟于心，直到一面不起眼的悬崖切断了我们的去路。

　　我从来没奢望自己能走到崖边，我怕高，连入门级的过山车都不敢坐，可那天不知从哪儿来的胆子，神差鬼使地往前走着，开始的时候只能看到蓝天白云和对面的青山，突然之间崖底的吕瑟峡湾进入了视线，像一块碧蓝色的锦缎，这世上最名贵、最光滑的锦缎，带着淡淡的、均匀的条纹；目光转向右侧，那块绝无仅有的布道石就矗立在200米开外，没有缓冲，没有植被，就那么干脆利落地直插入锦缎之中，我的心开始狂跳了起来。

　　这真是一幅自然的奇景，没有任何形式的栏杆和障碍物，走过多少名山大川，我一直告诫自己说不要去比较，可如此强烈的视觉冲击的确是前所未有的，回过神来发现自己正用双手掩着嘴，像个傻子一样，有好几秒都忘了呼吸。

　　我们沿着崖顶走向布道石，游客们已经彻底玩疯了，争相跳到一块向峡湾方向突出的平台上，给站在布道石上的亲友们拍照，那些拍照的姿势也是触目惊心，有人坐在崖边双脚悬空，有人匍匐在地上把头探出崖外，似乎没有人感觉到害怕，连一向小心谨慎的乐乐都执意要走在我的外面，以便欣赏风景。

然而出乎我意料的是，团团又掉链子了。

在我们三个人之中团团是胆子最大的，他一向是天不怕地不怕，走过白石山的天空步道，坐过欢乐谷的太阳神车，我和乐乐不知被他嘲笑过多少回，可今天他却一反常态地胆小，紧紧贴着崖壁，一步也不敢上前。

好不容易走到布道石的顶端了，这是一块相对平整的空地，三面都是陡峭的花岗岩悬崖，垂直604米，相当于一座200多层的高楼。我和乐乐试探着往崖边走，团团却一屁股坐在空地的正中央，苦口婆心地劝阻着我们两个，我说："你可以不过来，坐在那里给我们照张相总可以吧？"他说："那你们至少要和崖边保持两米以上的距离，不然我在取景器里看到手也会发抖。"

乐乐忍不住笑了起来，团团倒是不愠不火，可怜巴巴地说："你们就当是为了我，好不好？"

多亏有这个台阶，我们拍了几张不尽完美的照片就下山去了，我问团团："咱们千辛万苦爬上来一次，你不觉得可惜吗？"

团团一本正经地说："你真以为我害怕了吗？要是没有你们的话，这些在我眼里都不算什么，你看那群年轻人玩得有多疯，我只会比他们更疯，说不定我还会背坐在崖边来一张自拍。

"可现在我不是一个人了，我有一个幸福的家庭，你们任何一点有可能的危险，在我眼里都会放大100倍，一想到失去你们，我整个人都慌了。

"我努力工作也是为了你们，换做是从前我才不会半夜两点钟爬起来打电话，遇到分歧了也会睁一只眼闭一只眼，不会婆婆妈妈地和人家争论。

"可是现在，那个不拘小节，横冲直撞的人已经不存在了。我只是想尽最大的努力做成这笔生意，让你不用再为了省钱而选择红眼航班，不用再站在路边吃超市里买的三明治，不用什么都精打细算，你明白吗？"

乐乐笑着说："爸爸你可真会找借口。"我也笑了，可心里明白他说的都是真的，从第一句就明白，因为我同样有一个幸福的家庭。

我仰慕布道石的犀利、果断、一分为二，黑白分明，它在我眼中是完美无缺的，但人生中并不存在"完美"二字。我们凑齐了天时和地利，却弄丢了人和；凑齐了幸福和美满，却弄丢了勇气。

它奇绝于天下，我们却为了点儿小事儿而患得患失。

可我不想回头。

我们一家三口乐呵呵地走在下山的路上，心中已不再遗憾。

午夜阳光音乐会

这是一个旅人的良夜。

我可以是6岁，可以是31岁，也可以是100岁；

我可以挽着回忆散步，也可以把它藏起来；

我可以将死亡的阴影抛诸脑后，也可以为了它流泪；

什么是时光？时光就是偷吃我月亮的那只绵羊，

今夜我抓到了它，又放走了它；

时光就是我穿上了一件温暖的棉衣，从此便再也脱不下来。

这是一个旅人的良夜。

23点30分，人声鼎沸的北极大教堂突然安静下来，一阵悦耳的歌声从身后响起。我扭过头去，只见十几位身穿黑衣的歌手正从四面八方缓步走来，他们最终聚拢在教堂中央的过道上，歌声中带着几分神圣和空灵。

这些歌手有男有女，有年轻有年长，有的微笑，有的严肃，衣着发式也各不相同，不像是一个专业的团队，倒像是一群自发的音乐爱好者。他们没有伴奏，演出极尽简单、随意，却给人一种前所未有的和谐感，像是一只慵懒的小猫，被温柔地挠着肚皮。

这是我们在北极圈里的第一站，位于北纬69度的海港城市特罗姆瑟。

午夜的阳光正透过一面巨大的马赛克玻璃，暖洋洋地洒在教堂的每一个角落，若不是身上有浅浅的倦意，真会不自觉地忘了时间。

可时间又是什么？

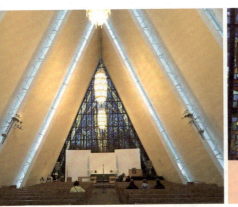

在一个没有日落的地方，钟面上的12个数字又代表着什么？

在一个没有轮回的世界里，永恒不过是一场孤独的旅途，旅者们不知疲惫地前行，直到没入遥远的天际。

乐乐拉了拉我的胳膊，把我的思绪带回了现实，此时耳边回荡的是一首颇具现代感的民谣，曲目表上显示的名字是《最后的春天》，乐乐问我说："咱们什么时候回去睡觉啊？"

这是为数不多的几次，我劝他打起精神，千万不要睡觉。在北极大教堂听一场午夜阳光音乐会是我们愿望单上重要的一项，演出从23点30分开始，持续半个小时。歌声很美，同时也颇具催眠的功效，我揉了揉眼睛，坐直身体，继续回忆起来。

这真是一个漫长的夜晚，为了保持兴奋的状态我们晚饭后就出了门，坐缆车来到一个叫作"Mt Storsteinen"的山顶，以这里为起点有几条简单的徒步线路，是个消磨时间的好地方。特罗姆瑟的天气比较多变，在山脚下的时候只是细雨蒙蒙，到山顶上就变成了大雪纷飞，雪花自山下扑面而来，乐乐高兴极了，他说以前只见过"下雪"，还从来没见过"上雪"呢！

"上雪"的奇观固然是难能可贵，可此时的能见度实在太低了，如置身在一片乌云之中，连彼此的脸都看不太清楚，更别说在观景台上眺望特罗姆瑟了。

在乐乐的坚持下我们决定挑战其中一条步道，向着未知的山脊中进发。走了一会儿，眼前出现了一片白茫茫的景物，团团说是水面，乐乐说是云海，父子俩正兴高采烈地打赌呢，只见从这片白茫茫的深处浮现出两个人影，越走越近，原来是一对年轻的情侣，冻得面色通红，哆哆嗦嗦地向我们打招呼说："你们的羽绒服真是穿对了！"

我心里刚才还七上八下的，此刻一下子就有了底儿。

为了安全起见，我们沿着这对情侣的脚印继续往前走，发现那片白茫茫的不是水面，也不是云海，而是一片平整的雪地，软绵绵的积雪直没过小腿。

乐乐说："要是有双手套就好了，我还没在夏天堆过雪人呢！"

正在我们计划着怎么来"享用"这片宝藏的时候，特罗姆斯的天气又展现出它戏剧性的一面：雪突然就停了，漫天的云雾像是接到了命令似的，几乎在瞬间之内散去了，数千米外的雪山、峡湾和城市就这样毫无准备地，一一浮现在眼前。

我有生之年所见的美景，唯此刻能以奇幻来形容。

乐乐兴奋极了，拉着团团往观景台的方向走去，我看着他们的背影，像是一位在山中修炼多年的高僧带着一名小徒，在佛光普照之下步入红尘，去度化众生，想象力一发而不可收，连自己都怔住了。没想到一个用来消磨时间的地方，却成就了一段无法复制的回忆。

不期而遇，这正是旅行的魅力所在。

从时间上来说，我们行程已过三分之一，但真正紧张、刺激的部分才刚刚开始，等待我们的不再是故地重游的闲情逸致，而是在地球的另一面，那些崭新的、未曾领略过的人和事物。这悠扬的歌声已然撩动了我，即使月亮被吃了，即使羊跑了，我们还可以分享一只柠檬。没有什么是不可能的，没有什么能打破我们心中的英雄梦想。

音乐会结束在午夜零点，我们步行3公里回到峡湾西岸的酒店，明亮的街道上空无一人，很像是一个恐怖片里的场景。乐乐似乎忘了现在是夜

里这个事实，兴致勃勃地要去海边看邮轮；团团滔滔不绝地给我描述着一款末日主题的游戏；我自己也被一种新鲜感驱使着，困意全无。

然而就在此时，一阵与眼前的场景一点都不相配的声音从远处传来：那是一种毫无旋律可言的、节奏感很强的低音炮的声音，掺杂着人群的喧闹声，偶尔还有几声尖锐的叫喊。我们向着声音的源头走去，突然脚下被什么绊了一下，低头一看竟是一个醉汉，他跌坐在一家店铺的门口，双腿伸到行人道上，嘴里还含糊不清地唱着歌。

我环顾四周，只见前面有一个小巷子，巷子里有扇黑漆大门，门前站着两个穿黑西装的男子，还有几个穿着短裙、浓妆艳抹的姑娘正端着酒杯在聊天，低音炮的声音正是从这扇门里传出来的。在巷子的对面有家24小时营业的便利商店，里面挤满了衣着讲究的青年男女，他们大多都喝醉了，毫无节制地大声说笑着。

我一时间有点懵了，这画面充满了不和谐，却又好像在哪里见过。

团团在我耳边说："这不是周末的五道口吗……"

我呆呆地"哦……"了一声，思路终于对上了焦。这不过就是一家平平常常的，我们学生时代经常混迹的夜店嘛，即使没有黑夜了，即使所有的放纵都要暴露在明媚的阳光之下，人们始终会重复着同样的活动，不论大自然如何捉弄，人们都是一样那么生活。

再打量这群男男女女，突然觉得他们都很熟悉。我们仅仅是所处的位置不同罢了，对我们来说神圣的极地正是他们出生、长大的家园；对我们来说可以写进书里的，充满了奇幻色彩的一天正是他们的日常生活，而反过来也是一样，我们习以为常的事物对他们来说，同样也充满了诗情画意吧。

所以说，不要怕走得太远。

最难逾越的不是空间上的距离，而是自己内心的迷惘。

只有走遍了大千世界，才能明白家的含义；只有敞开胸怀，才能殊途同归。

北角之北

［6月8日 挪威 北角］

　　一声浑厚而洪亮的鸣笛划破了小镇清冷而宁静的天空，M S Finnmarken号邮轮笨拙的身体慢吞吞地停靠在了镇中心的码头上，舱门还未打开，旅客们早已汇集在大厅里整装待发，广播里先后用挪威语、英语、法语和德语向大家介绍着："我们在洪宁斯沃格停靠的时间为3小时45分钟，舱外的温度为零下二摄氏度，去北角参观的旅客们请在这里下船，下船时请随身携带房卡，注意安全……"

　　这就是我们今天的关键词：北角。

对大多数人来说这是个陌生的名字，在我计划行程的时候这里也是可有可无的一站，北极圈里类似的选择太多，其中不乏更热闹的、交通更便利的，然而最后我们却不惜重金，历尽千辛万苦来到了这里，最重要的原因就是乐乐小朋友的坚持。

他的想法很简单：我们要在签证允许的范围之内，走到最北的地方！

北角是马格尔岛北端的一个海岬，地处北纬71度10分21秒，常被称作是整个欧洲的最北端。看了一些资料之后我发现这个说法其实是经不起推敲的，于是和乐乐商量说，是不是不用太执着于"最北"这个概念，毕竟在特罗姆瑟的时候我们已经去过世界上最北的教堂、最北的大学、最北的植物园和最北的酿酒厂，也算是收获颇丰了。乐乐考虑了一下说："不是欧洲的最北没有关系，只要是我们去过最北的地方就可以了。"

好吧，既然这是一场平等的旅行，每个人的意见都应该得到尊重。权衡之下我们选择了海德路达公司旗下的MS Finnmarken号邮轮，从特罗姆瑟登船，途径北角，最终到达挪威与俄罗斯边境的小城希尔科内斯。

　　MS Finnmarken号的体型不大，娱乐设施也不多，最受欢迎的就是顶层甲板上的泳池和按摩浴缸，试想邮轮在冷艳的峡湾中穿行，两岸是白雪覆盖的青山，头顶上吹着凛冽的寒风，身体却泡在温暖的水里，这是多么享受的体验！而事实上我和团团都没这个福气，一直饱受着晕船之苦，吐得两腿发软，几乎瘦了一圈。即使是这冒牌的"最北"，也不是那么容易到达呢。

　　我们在洪宁斯沃格下船，和一对意大利母女一起包了一辆出租车前往北角，连续几天阴雨之后天空终于开始放晴，小镇就像是被刷上了一层新漆，说不出的明艳动人。

　　也许是受了天气的影响吧，大家的精神都十分亢奋，司机大叔一路神侃，说自己在这个岛上出生、长大，自从娶了个泰国媳妇儿之后就不在这里过冬了，只有夏天才回来赚钱。现在游客越来越多了，然而他认识的萨米人还一直保持着原来的生活方式，每年夏天赶着他们的驯鹿到来，居住在他们有趣的帐篷里。

　　40分钟之后我们到了岛的最北端，穿过北角博物馆，我们直奔海岬。

　　这就是传说中的北角，斯堪的纳维亚山脉的终点。站在307米高的悬崖上可以看到挪威海和巴伦支海的交汇，那景色雄伟壮阔，倒真有一种世界尽头的感觉。

乐乐很快进入了状态，他不愿与那地球形状的标志物合影，却一次一次地奔跑着冲向栏杆，像是百米冲刺那样，嘴里还念念有词。

小时候我也像他一样，爬山一定要爬到最高，走路一定要走到最远，所有国家、所有城市、所有地区都想去，恨不得一次把地球走遍。可不知从什么时候开始，"最"这个概念对我来说变得淡泊、没有意义，就像是怎么也舔不到的鼻子，渐渐地心中已不再执着。

是什么改变了我，是挫折和离别，还是太多个还未达成就索然无味的愿望？

记得在伦敦科技馆我们看了一场关于天体的3D电影，我一直小声地给乐乐翻译。影片最后出现了一张照片，照片上密密麻麻有好多红色的小点，每个小点都是一个银河系。乐乐问我："这是在宇宙外面拍的吗？"随即反应过来，又问："宇宙没有边的，是吗？"我说"是的"，他接着问："那没有边是什么意思？是你朝着一个方向一直走，走着走着就会回到原点吗？"我被问住了。

我更习惯于理性而悲观地去想问题，对我来说，很多东西是没有边界的，因此也没有圆满和完美；我不会因为站在北角而开心，因为我知道北角之外还有北极点，北极点之外还有茫茫未知的空间。

然而乐乐的心中仍有"最"这个概念，哪怕是相对的，暂时的，也代表着他值得去追求的目标。

这就是小孩和大人的区别。

没关系，我这个无趣的大人愿意陪着你，见证你一次次创造自己心目中的吉尼斯世界纪录，看着你冲向栏杆的背影，我心中也充满了欣喜和自豪。

感谢你，让我度过了第二次童年。

边境那些事儿

[6月9日 挪威 西尔科内斯]

临行前我父亲说，到希尔科内斯一定要吃一顿正宗的俄国菜。

6月9日早上MS Finnmarken号邮轮在狂风暴雨中抵达了希尔科内斯，由于天气的影响我们原本预定的快艇游被取消，我在酒店大堂拿了一本旅游宣传册一家一家地咨询，发现只有一个叫作"边境那些事儿"的中巴车半日游还在正常运作，于是果断地报了名。

我一直惦记着那顿俄国菜，心想了解一些边境的事情也不错，说不定导游还能给我们推荐一些好的餐厅。事实证明这是一个无比幸运的选择，因为我们的导游大叔实在太专业、太健谈，虽然车上只有寥寥七八个游客，他却依然满腔热情，从古代史讲到近代史，又讲到时事政治，家乡的一切在他眼中都是可爱的，值得分享的。我感动于这份情怀，于是专心地听。

这是挪威唯一一个双语城市，道路和大部分营业场所都有挪威语和俄语标示牌，每年有超过30万俄罗斯居民来此购物。挪威的物价那么高，为什么来这里购物呢？导游解释说："我们也有便宜的东西啊，比如说番茄酱、沙拉酱、速溶咖啡，还有婴儿用的尿布！你们想象不到他们买走了多少尿布，一车一车的，怎么用得过来呢？"

"听起来这里是一片祥和啊！"

"不然，边境的管理其实很严格，因为这不仅是挪威的边境，也是所有申根国的边境，我们要坚决制止毒品与核材料的走私，以及非法移民。"

"冷战期间奥斯陆方面传来指令，要求关闭边境。这对当地人来说是极其残酷的，因为很多人都在对岸建立了家庭。由于民众的阻力，边境在关闭几个星期后重开，重开后大量间谍从这里涌入，造成了难以弥补的损失。奥斯陆方面再次严令关闭了边境，这一关就是很多年，直到冷战结束，分居两岸的亲友们才得以重聚。"

不到半个小时的工夫我们来到了那条"线"，两根柱子巍然立于山峦之上，黄色的代表挪威，红绿相间的代表俄罗斯，神圣而不可越过。

而两侧的丛林景色却并无二致。

我把无聊到睡着的乐乐叫起来，说这就是咱们曾经去过的俄罗斯了！他迷茫地看了一眼，大概怎么也无法把这里和金碧辉煌的圣彼得堡联系在一起，敷衍地点了下头，又美美地睡了过去。

导游继续介绍说："在挪威方面只有200个边境士兵，而俄罗斯方面据说有2000个，而且很长一段距离之内都是军事管辖区，没有民居。虽然国

界鲜明，自然环境却是共享的，比如我们身处的这片森林，从挪威一直延续到了俄罗斯远东地区。"

一个游客问道："那本地有什么趣闻吗？"

导游大叔两眼一亮，立刻打开了话匣子：

"你们在手机上看看地图，不觉得我们边境线的形状有些奇怪吗，它向俄罗斯方向凸出了一大块。其实很久以前我们的边境也是按着河流自然划分的，但是在挪威瑞典王朝时期，俄罗斯的统治者突然看上了我们挪威这一侧的一座教堂，很小的一座教堂，但是对他们来说似乎有着重大的意义。于是我们进行了一次谈判，挪威方面用教堂所在的四分之三平方公里的土地换取了俄罗斯几百平方公里的土地，你们说这谈判算不算成功？"

"1944年，苏联军队从这里进入，希尔科内斯成了挪威第一个解放的城市。在边境上有一个漂亮的小亭子，是苏联人送给我们的礼物，象征着友谊与合作。然而战后物资匮乏，大家都不愿意纳税，于是想出了一个折中的办法。交接当天苏联军队把亭子抬到边境线上，高声喊1，2，3，然后集体仰望天空，几分钟后亭子就不见了，于是他们满意而归。"

"要说有趣的事情还多着呢，咱们来的时候走的路叫E6，这是一条很长的路，一直通往罗马。你们注意到路的左手边有3个湖吗？这3个湖原先的名字都是萨米语的（萨米语是当地少数民族的语言），很长，很拗口，很多在这里生活了一辈子的人都记不住。就在不久前我们投票给它们改成了挪威语的名字，好记多了！翻译成英文就叫第一个湖、第二个湖、第三个湖……"

"我们还有一条特殊的高速公路，没有交规的，随便你怎么飙车都没人管，你们信吗？可惜这条路只有在冬天才有，因为在夏天……它是个峡湾啊！冬天希尔科内斯的温度在零下四五十度，峡湾冻得死死的，于是大家就把它当成了高速公路。政府想管，可是怎么立法啊？出一个峡湾交通法则吗？"

就在司机大叔的神侃中我们从边境回到了希尔科内斯市区，我看到了一所学校，所有教学楼的墙体都刷成了黄色，是那种极其艳丽的明黄色，对这种审美我实在不敢恭维，于是小心翼翼地问道："这是谁设计的？"

导游大笑一声后回答："你也觉得不好看吧，但是这样才好找啊！你要是在极夜的时候来，再赶上一场大雪，你就知道建筑物的颜色有多重要了。"

"那极夜的时候是不是很不方便呢？"

导游把车停在路边说："我们边境游的行程已经结束了，但如果大家不赶时间，我再来讲讲极昼和极夜的那些事儿。"

"希尔科内斯每年有两个多月极昼，两个多月极夜，中间每过四五天日出时间会变化一个小时。极地的气候是很神奇的，夏天有时候能到30度，5分钟之后又降到0度并且开始下雪，所以我们随时都带着厚衣服。"

"冬天就更有趣了，1月和2月的最低气温能到零下50度，我们呼吸出大量水雾所以身体非常容易脱水，必须随时随地地补充水和食物，每天要

吃7到8顿饭，有时候一顿饭吃5个鸡蛋，却只能坚持不到两个小时。当然，女孩子们就开心了，随便吃甜食，怎么都不会长胖！"

"其实极夜的时候也不是很黑，我们都带着头顶灯，而且冰雪会反射月亮的光芒，很漂亮……"

"两个月见不到太阳确实会很期待，这种感受你们是体会不到的。对你们来说太阳每天都在，所以它很平常，一点儿都不稀罕。可对我们来说，一直变化，一直有所期待才是最享受的生活状态。"

旅途结束的时候我还记着那顿俄餐，于是问导游有没有推荐的俄罗斯餐厅，他想了一下说，这里的俄餐没让他印象深刻的，倒是有家中餐馆不错，值得一试！

团团和乐乐马上很兴奋地说："好啊，就吃中餐吧。"我稍微抵抗了一下也同意了。离家一个多月了，又有谁能拒绝一盘糖醋里脊、一盘麻婆豆腐、和一碗热腾腾的酸辣汤呢？我突然意识到，这是我们出门以来离中国最近的一次，仅仅相隔了一个俄罗斯。

这是我第一次觉得想家。

尽管我无视边界，崇尚变化，尽管我比很多人都更接受异国的文化，更习惯于随心所欲，居无定所的生活。

我也有乡愁。

这乡愁深植于我，就像希尔科内斯的导游大叔一样，我们深爱着自己出生、长大的地方，这是生命中一种浪漫的情怀，它温暖着我，却不会束缚我，更不会阻挡我探索世界的脚步。

明天我们将离开希尔科内斯，离开北极，也将看到久违的黑夜。

我们一次次走向离家更远的地方，也一次次和她重逢。

我逐渐体会到，这就是有所期待的幸福。

毒苹果

今天我们从希尔科内斯出发，经奥斯陆转机到斯德哥尔摩，一路颠簸无趣，3个人的心里都憋着一股火儿，在斯德哥尔摩地铁站的时候终于火山爆发，大吵了一架。

事情的导火索是这样的：

根据当地的规定，乐乐不需要买地铁票，只要我刷一下我的成人票，自动验票门打开，他就可以和我一起出去。然而就在自动门打开的一瞬间，乐乐一指我的身后说："妈妈你看那边！"我条件反射地一回头，什么也没有，再回过头来发现乐乐正在门的另一边捧腹大笑，我猛地向前一跃，虽说是出去了，身体却被门夹得生疼，背包的带子也扯坏了。

团团当时就怒了，说："你把妈妈弄伤了还笑！快点向妈妈道歉！"

乐乐一时僵在那里，心里大概不服气，面子上也下不来台，两眼直勾勾地盯着墙上的海报，一言不发。

团团更怒了，把他拽到一边训斥说："你知不知道自己在做什么？如果妈妈没出来的话还要去找工作人员，再补一张票，浪费钱也浪费时间。刚才在地铁上也是这样，有座位不让妈妈坐，非要她陪你站着！爸爸和妈妈说点儿事情，你就一直打断我们，说你无聊怎么办，无聊怎么办，是不是大家都要围着你转？你知不知这样是自私的行为？"

乐乐固执地说："不知道。"

"自私就是把自己的快乐建立在别人的痛苦之上，知道了吗？"

"不知道。"

眼看气氛越来越不对，我问乐乐说："你是不是有什么要解释的？"

他依旧是盯着墙上的海报，一言不发。

"别人问话的时候要回答，眼睛要看着别人！"

依旧一言不发。

团团最终总结道："你不说话，我就当你没什么好解释的。你自私在先，不讲礼貌在后，如果你现在道歉我们可以小惩大戒，不然的话惩罚就要加倍了。我是你爸爸，必须要负起教育你的责任！"

"我要想一下……"

"伤害了别人就要道歉，这有什么好想的？给你3秒钟，1……2……3……，不道歉是吧？这一个星期不准玩IPad了，手机也不行！"

"你数得太快了！"

"我数得一点儿也不快，你再不道歉就两个星期。"

乐乐泪汪汪地嘟囔了一声："对不起。"

团团黑着脸不再说话，我们拉着重重的旅行箱，默不作声地走在斯德哥尔摩昏暗的街道上，突然间路灯亮起，在我们身后拖出了3条修长而落寞的影子，我突然也火了起来，诘问团团说："你觉得自己就没什么需要道歉的吗？"

"乐乐诚然有错，他玩笑开过了头，弄伤了我没有第一时间道歉，在地铁上他也没有考虑到他人的感受。但你不觉得似曾相识吗？这些过错很大程度上源自我们，是我们自身的缺点，在孩子身上的映射。

"我们经常在孩子面前开玩笑，口无遮拦，偶尔也会设个小陷阱整蛊对方，他当然会模仿。他当然没有考虑过把我关在自动门后面会有什么后果，他只有6岁，只是觉得有意思。

　　"我们给了他解释的机会，但是以他目前的逻辑思维能力，又如何说得清楚？

　　"你说他不肯认错，难道自己就没有碍于面子，强词夺理的时候吗？

　　"你说他没有考虑他人的感受，可自己在陌生的环境中训斥他，说他是个自私的小孩，又何尝考虑到他的感受？

　　"他今天的确表现得固执、任性、不随和，但你自己也一直是咄咄相逼，不曾妥协。我想起以前在书上看到的一句话：'你这么不听话，为什么要求孩子听话？'

　　"我从不觉得你是个不讲道理的爸爸，你常说人生百年，立于幼学，是肩上的责任让你紧张，是旅途的辛苦让你烦躁。

　　"同样地，我也从不觉得乐乐是个自私的小孩，在通常情况下他的表现都不错，但今天从早到晚不是排队就是等待，他的兴趣点没有得到充分的关注，虽说这是一场平等的旅行，但孩子的意见往往处于劣势。他真的很无聊，这种心情需要发泄。

　　"如果说他没有选择一个正确的发泄方式，那是因为我们没有以身作则。"

　　正说着我们路过了一家小剧场，海报上的白雪公主拿着一颗红通通的苹果正要咬下去，团团笑了，可怜兮兮地问乐乐说："你就是吃了我给的毒苹果，还是说，我就是那个毒苹果？"

　　乐乐也笑了，说："你就是那个毒苹果。"

　　这件事的结局是团团向乐乐道了歉，两个人都欢天喜地地受了罚。

乐乐说："妈妈你今天可爽了，连着训了两个孩子。"我说："我也有不对的地方，就今天的事情而言，'无聊'两个字正是我的口头禅，我经常缠着团团说，我无聊怎么办，无聊怎么办，我其实是个情商很低，负能量很高的人，是我把这个概念灌输给你。"

无聊，是因为我们忘了今天有多么重要。

你要时刻记住今天是独一无二的一天，我们从冰雪覆盖的北极来到了繁华的都市斯德哥尔摩，你要用心去观察。

你有没有注意到地铁上有个笑眯眯的老奶奶，编着两条麻花小辫，一直垂到腰间；还有个漂亮的姐姐捧着一盆花，绿色的长裙拖在地上，像是一个古代宫廷里的侍女。这些有趣的人，并不是天天都能见到。

如果你仍然觉得无聊的话，就要动用你的特异功能，也就是你超级无敌的想象力！你看到海报上的白雪公主可以想象自己正在一场舞台剧中演出，坐在飞机上可以想象自己正要去抵抗外星人的入侵，现实世界里任何一点新鲜的元素，在你心里都会被几何倍数的放大，又怎么会无聊呢？

同意请呼吸，反对请用日语背一遍《圣经》！

乐乐在心里反应了一下，佯装生气地瞪了我一眼，随即大笑了起来。

比泰坦尼克号更悲情的一条船

法国占星家诺查丹玛斯曾预言，16世纪末、17世纪初，北欧将出现一头狮王，傲视欧洲大陆，做出惊天动地事业。1611年，年轻的古斯塔夫二世在一片内忧外患中加冕成为瑞典国王，他是一位军事天才，从丹麦手中重新夺回了国家的南部领土，并巩固了对波罗的海东岸的统治。为了彰显瑞典迅速崛起的海上战斗力，他于1626年下令建造了当时世界上最大、最先进的战舰之一，瓦萨号。

今天我们旅行的目的地，便是位于斯德哥尔摩动物园岛上的瓦萨号博物馆。

乐乐问我说："最近怎么总是和船有关系啊，在斯塔万格坐渡轮，在北极坐邮轮，在斯德哥尔摩直接住在船舱里，现在还要参观船的博物馆？"

我说："船对北欧人来说是很重要的。"

他追问道："为什么一条船会有一个属于自己的博物馆？"

"我也不清楚，今天的导游是团团，他自告奋勇地做了斯德哥尔摩的全部攻略，咱们请他来给讲讲吧！"

团团总算等到了发挥的机会，打开手机开始介绍：

"瓦萨号是一艘3桅战舰，长69米，高48.8米，相当于15层楼。舰上配有133名船员、300名士兵，两层共64门大炮，为了显示瑞典王国的财力，他们雇用了大量的外国艺术家对船体进行了华美的装饰，船尾的横梁上甚至镶嵌了金叶……"

乐乐对所有和打仗有关的事情都特别感兴趣，一路追问着什么叫桅杆啊，什么叫炮眼啊，没过多久我们就走到了博物馆跟前，这是一栋很大的建筑物，外观是按照古代战舰的风格量身订造的，入口处排着一行长队。

排队的时候团团接着讲："在瓦萨号的建造的过程中国王不断下令，依照他的旨意改变设计，增加战舰的长度。1627年，主造船师病逝，由他的助手接替他主持建造。国王得知了丹麦建成双层炮舰的消息，于是临时

决定为原计划修建单层炮舰的瓦萨号增加一个枪械甲板，把它改建成双层炮舰。竣工后的瓦萨号高大英武，是整个瑞典王国的骄傲。"

乐乐心驰神往地说："要是能看到照片就好了，那时候还没有照相机，是不是？"

团团没有接话，接续介绍说："1928年8月10日，天气晴朗，微微地吹着西南风。在船长的一声令下瓦萨号驶向位于Älvsnabben的海军基地，这是她的处女航，船上升起三面风帆，炮眼全部打开，炮口伸出来，同时鸣炮致礼。成百上千的民众自发到岸边观看这一盛况，其中也包括不少外国大使和军事间谍。"

"那然后呢？"

"然后就要你们自己进去看了。"

正说着我们排到了队首，穿过几道玻璃门我们进入了主展厅，只见一个庞然大物赫然立在大厅的中央，高翘的船头几乎要穿透屋顶，极尽壮丽所能是。

"这不会就是？"

"是的，这就是瓦萨号。"

"可是……她为什么还在啊？我以为博物馆只是展出一些相关的文献，图纸，最多是船上的一些物件。"

团团笑着说："这就是我忍了一路，想给你的惊喜。"

眼前的瓦萨号就如团团叙述中一样，有个长长的"鼻子"，两层炮眼，表面有些斑驳、褪色，却难掩当年的英姿。我催促团团说："现在能继续讲了吧，瓦萨号的故事。"

团团说："其实刚才已经讲得差不多，接近尾声了。"

"不是才讲到处女航吗？"

"刚离岸不到100米的瓦萨号在一阵风浪中开始向右舷倾斜，接着慢慢恢复平衡，随即再一次向右舷倾斜，下层甲板开始进水，舰体剧烈地晃动，仅仅10多分钟后就在众目睽睽之下沉没了。附近的船只立刻发动救援，但依然有30名船员和士兵罹难。"

我和乐乐都听得瞠目结舌。

世界上最伟大的战舰之一瓦萨号，居然从未离开过港口，从未见到过大海便沉没了，这不禁让人想起了200多年后的泰坦尼克号。虽然伤亡人

数是后者居多，但就一条船本身的命运来说，似乎是前者更为悲情。

乐乐恍然大悟地说："难怪我看她那么像幽灵船呢。"

团团接着说："沉没的原因是船头太长，重心太高，平衡性不达标。在建造过程中就多次有人指出了这个问题，却没有得到足够的重视。有现代的专家指出，如果在起航时船长下令关闭最下排炮眼，让其没入水中，降低重心，瓦萨号也不至于如此戏剧性地沉没，可历史没有如果，让人痛心的一幕终究是发生了。"

"那后来呢？"

"这片水域在很长第一段时期里处于严重污染状态，没有驻船虫，连最顽强的微生物都难以生存，船体因此得到了完好的保存。1961年，瓦萨号被小心翼翼地打捞起来并重新组装，最终被陈列在这里。"

在海底沉睡了300多年，王朝几经更替，整个世界都面目全非。

我突然想起了下令建造瓦萨号的那个古斯塔夫二世国王，该怪他好大喜功吗？他在战场上运筹帷幄，所向披靡，奠定了瑞典的军事强国地位，

可造船的确不是他的专长，在这场灾难中他一定受了不小的打击。

我问团团说，那个国王后来怎么样了？

他说："在瓦萨号沉没后4年就去世了，准确地说是战死沙场。"

"再后来呢？"

"再后来他年仅6岁的女儿，克里斯蒂娜女王继位，她从小受到王子的教育，通晓多国语言以及军事战术，在亲政后显示了非同寻常的才干和胆识，然而年纪轻轻的她却公开表示不会结婚，并于1654年让位给心爱的堂兄卡尔十世，伪装成男人，骑马穿越丹麦全境，最终留在罗马，皈依了天主教。这个时期的传奇故事太多，瓦萨号的悲剧也就自然而然地被人们遗忘了。"

是啊，故事永远也讲不完，瓦萨号只是瑞典悠长历史中的一个篇章，也只是我们旅途中短暂的一站。如今她在博物馆里重获新生，不再是作为一条船，而是作为一件文物，时刻提醒着人们要科学严谨，不要急功近利。

我为她难过，也为她高兴。

你是个什么颜色的人？

［6月13日 瑞典 斯德哥尔摩］

在莫斯科的时候所有人都说那里的地铁是最美的，理所当然地就信了，可到了斯德哥尔摩才知道山外有山，只是风格不同。因为采用了爆破式凿洞，这里的站台大多保留了原始岩石洞的空间特点，搭配上雕塑、灯饰、马赛克，以及大胆张扬的画风，造就了一个别出心裁的地下艺术长廊。

所以说，不要轻易下结论，这世界不大，却没人能摸得透。

今天我们特意来参观几个具有代表性的作品：

繁忙的T-centralen站，为了平抚行人焦躁的情绪，设计师在雪白的岩壁上绘制了蓝色的藤蔓。

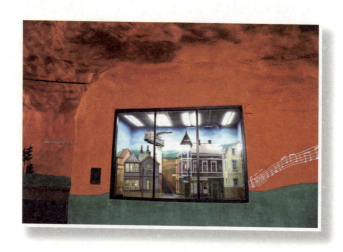

　　环保主题的Solna centrum站，一公里长的墨绿色冷杉生长在绯红色的炽烈天空下，影射了工业化时期的环境污染。

　　充满年代感的Rådhuset站，在这里可以找到烟囱底座和来自国王岛市场的篮子。

　　还有最上镜的Stadion站，一弯旖旎的彩虹横跨于拱形岩壁之上，洋溢着节日的欢乐氛围。

　　瑞典语的站名实在难记，于是我们形象地称之为蓝站、红站、黄站和彩虹站。

　　接下来的环节当然是评选自己最喜爱的地铁站，我们从地铁站一直说到颜色，又说到颜色心理学，我突然想到了一个很抽象的问题："我是个什么颜色的人？"

　　我想每个人都是有颜色的，第一眼也许看不到，但当你逐渐了解他／她的时候，这颜色就会从灵魂深处浮现出来，你可以把它称为一种气质，或是感觉，你能清楚地看到它，即使你说不出任何的道理。

我问团团说："我是个什么颜色的人？"

团团说："橙色的。"

"那乐乐呢？"

"绿色的。"

"那你自己呢？"

团团想了很久，犹豫不决地说："大概是蓝色的吧，深蓝色？"

很奇怪吧，我们往往能准确地说出别人的颜色，很容易对别人的颜色达成共识，却看不到自己的颜色，这世界上有映照容貌的镜子，却没有映照心灵的镜子。

随着时间的推移我们的颜色也许会变。

忧愁让我们变得更深，爱情让我们变得更暖，而旅行呢？

旅行让我们变得更鲜艳。

日落在波罗的海

这是我有生之年最不期而遇的，也是最美的一场日落。

故事要从一早说起，为了赶时间我们不到8点就从酒店退了房，马不停蹄地参观了斯德哥尔摩剩下几个景点，又马不停蹄地赶到码头，登上了Tallink公司的邮轮前往下一个目的地，爱沙尼亚的首都塔林。

这邮轮简直太赞，船舱宽敞舒适，设施一应俱全，还提供各种免费的活动和课程。可我们早已累得脱了形，一上船就倒头大睡，隐约听到广播里说开船了，又开饭了，我全没放在心上，这一觉睡到晚上9点，睁开眼睛只觉得四肢酸疼，肚子也饿得发慌。

我赶紧叫大家起来吃饭，可以点菜的餐厅已经关闭了，只剩下一个看起来还不错的自助餐厅，每人要35欧元。我说要不算了吧，去超市买点面包先凑合一下，团团却突然来了兴致，坚持要带我们吃一顿海景大餐。

于是我们几个睡眼惺忪，踉里踉跄地走进了餐厅，本想找个没人的角落填饱肚子就算了，可好心的服务员却把我们带到了一个刚刚被退订的，靠窗的座位上。这一落座，整个世界突然就美好了，只见一轮红日正悬在海平面上不远的地方，它的光像是被一片滤镜遮住了，不再闪耀刺眼，却足以将整个波罗的海染成了绚烂的绯色，仿佛饱饮了玫瑰酒。

我突然意识到，这是我们出行之后第一次看日落。

乐乐的精神特别亢奋，一直眼巴巴地盼着太阳快点落下来，几乎冷落了盘中的美食；我和团团漫无边际地闲聊着，他说："结婚之后也没带你去过什么浪漫的餐厅，现在算是补偿吗？"

　　我笑了，我们都知道这不重要。浪漫的餐厅、烛光、鲜花、华丽的居所，这些对我们来说都不重要。我们的梦想在别处。

　　小学五年级我转到一个新的学校，坐在我身后的男生就是团团。我是个专心听讲的好学生，他却在课堂上没完没了地贫嘴，讲金庸的小说啊，讲《三国》里的武功排名啊，还有好多好多冷笑话，我不搭理他，他就揪我的辫子。当时我在班里可是十分高冷的人物，除了他，没人敢开我的玩笑。

　　小学毕业的时候我借给他一本作文书，作为报酬他给了我一块北京动物园熊猫馆的纪念手帕，这一分别就是13年。后来聊起来才发现我们当时的生活有很多交集，有我的同学转到他们学校，有他的同学转到我们学校，他上课外班的老师就是我的班主任，我们上下学的路线也有很长一段是重叠的，可我们重逢的时刻还没有到，命运如此安排，一定有它的道理。

　　高二那年我去英国读书，临行前给他写了一封匿名信，内容很俗套，大概就是我要走了，你好好保重之类的。类似的信我寄出了好几封，却只有他猜出了我的身份，写了回信。

没想到小学时代那个厚脸皮的男生还记得我。

就这样我们通了几封信，到英国之后功课太忙，邮资太贵，慢慢地也断了联系。我们在相隔9000公里，截然不同的环境中过着各自的生活，看似走在了两条平行线上，任谁也想象不到，故事会有反转的结局。

时间快进到2009年2月，团团在校内网上找到了我，发消息说想请我吃饭。我当时刚刚结束假期返回英国，心想这顿饭一定是遥遥无期了，没想到一个多月之后，家里有急事把我召回了北京。至此，我们终于凑齐了天时、地利、人和这3张牌，命运不再百般阻挠，转而露出了仁慈的笑容。

于是我重逢、相恋、闪婚，多年之后这在我们小学同学的圈子里还是一桩奇闻。

我告诉团团说，我只想和你周游列国，做自己喜欢的、对社会有所助益的工作，只要我们在一起，心灵相通，其他的都不重要。即使蹲在甲板上啃面包，看到的也是同一片夕阳。

此时的波罗的海像是喝醉了，睡着了，没有一丝波澜。太阳矜持着，拖延着，最终还是没入了海平面之下，乐乐特意记下了准确的时间：9点55分。

我突然想起一个问题，瑞典和爱沙尼亚之间不是有一个小时的时差吗，那我们在船上过的是哪儿的时间呢？乐乐说我去找钟表吧，不一会儿就得意扬扬地回来，说："妈妈我找到答案了！船上的钟表都有两根时针，每根时针上有个小国旗，指向不同的数字。"

大概是受到了环境的熏陶吧，今晚的乐乐显得特别成熟，我心血来潮地说："要不我给你讲个小王子和狐狸的故事吧。"

小王子想和狐狸一起玩，狐狸说："我还没有被驯化呢。"

小王子问："什么叫'驯化'呢？"

"这是已经早就被人遗忘了的事情，它的意思就是'建立联

系'。对我来说，你还只是一个小男孩，就像其他千万个小男孩一样。我不需要你，你也同样用不着我。对你来说，我也不过是一只狐狸，和其他千万只狐狸一样。但是，如果你驯化了我，我们就互相不可缺少了。对我来说，你就是世界上唯一的了；我对你来说，也是世界上唯一的了。"

"我会辨认出一种与众不同的脚步声。其他的脚步声会使我躲到地下去，而你的脚步声就会像音乐一样让我从洞里走出来。再说，你看！你看到那边的麦田没有？我不吃面包，麦子对我来说，一点用也没有。我对麦田无动于衷。但是，你有着金黄色的头发。那么，一旦你驯化了我，金黄色的麦子就会使我想起你，我甚至会喜欢那风吹麦浪的声音……"

"请你驯化我吧！"①

乐乐问："后来呢？"

我说："后来小王子驯化了狐狸，他们成了好朋友。

"我给你讲这个故事是为了告诉你，不论你和我，你和爸爸，还是我和爸爸，我们之间都是独一无二的，也就是彼此驯化的关系。

"因为有了你们，我不再是自己生命中最重要的人。"

太阳终于收敛起最后一缕余晖，海面恢复了原有的颜色，那是一种动人心魄，却遥不可及的美丽。我按捺不住心中的兴奋，近半个月来都身处在北极圈的附近，饱受极昼之苦，此刻终于又目睹了黑夜的降临，真是圆满的一天。

三毛曾说过："刻意去找的东西，往往是找不到的。天下万物的来和去，都有它的时间。"

是的，今晚的日落是如此，我们一家人的相聚也是如此。

不求而得的，往往求而不得。

---

① 节选自安托万·德·圣·埃克苏佩里的儿童文学作品《小王子》。

半夜，总有人偷偷在这里插上十字架

转眼已是出门后的第7周，我们结束了北欧的行程，顺利抵达了爱沙尼亚的首都塔林，并在这里租了车，开始了波罗的海3国的自驾之旅。

我知道这是一片有故事的土地，因此一路都在寻找一种感觉。城市很美，中世纪风格的建筑中掺杂着几颗俄式的"洋葱顶"，有几分布拉格的影子；物价很亲和，5欧元可以在景区的餐厅里坐下来喝一盘海鲜浓汤；沿途遇到很多卖艺人，乐曲大多欢快悦耳，我能理解为何许多人对这里一见钟情，然而我的默契尚不能给出。

这种"美而不醉"的状态一直持续到立陶宛，一入境便狂风大作，像是要给我们一个下马威似的，纵是盛夏季节也感到寒气逼人。我们在一个不知名的小镇上停车补充物资，只见姑娘们都美得像是刚从银幕里走出来的，却不爱笑。乐乐拽着我的衣角说："这里好可怕啊，我们为什么要来？"

　　我故意说："你还小，有段历史你不清楚，就当是来看漂亮阿姨的好不好？"他当然不服气，坚持要我讲明缘由。我说："那好吧，我们就从十字架山的故事开始讲起。"

　　在立陶宛有座小城叫希奥利艾，在城北12公里有个小山坡。

　　如今这里是各国游客们趋之若鹜的地方，然而就在20世纪70年代，曾经每天都有苏联军队和国家安全委员会的人在这里把守，他们封锁了附近的道路，宣称："此地有瘟疫爆发，请闲人勿近。"然而每天清晨当第一缕阳光照亮山顶的时候，总有几个形状各异、大小不一的十字架，像是变戏法一样地出现在那里，时间一长，军士们也就见怪不怪了。

　　"有人在夜里偷偷插上了十字架？"

　　"是的。"

　　"为什么呢？"

　　"一会儿我再继续讲，你看，它就在眼前了！"

　　车行至景区附近的停车场，远眺十字架山并没有想象中雄伟，不过是十几米高的一个小土坡，称之为山实在有些勉强。本以为最多20分钟就可以走完，下车之后才发现这是因为地处旷野，没有参照物，对距离估计的错误，再加上风沙扑面，我们几乎是走三步退两步，看上去小小的山头却像是难以到达的朝圣之地，远远听到十字架上的珠链叮当作响，纵然不是信徒，心中也是激动难平。

　　离山脚还有数十米，道路两侧陆续出现了一些小型的十字架和圣母塑像，有的刻着文字，有的挂着玫瑰经念珠，密密麻麻，斑驳交错。穿过一个小广场，几座高大的耶稣苦相矗立在眼前，中央一座石碑上刻着保禄二世教宗在1993年的一段讲话："感谢你们，立陶宛人，因为这座十字架山向欧洲和全世界见证了这块土地上人民的信仰。"

沿正面的石阶走到山顶，耳边风声呼啸，仿佛有一种前所未知的力量正在暗暗积蓄，即将喷涌而出。我对乐乐说："现在可以继续给你讲了。"

十字架山的历史要追溯到几个世纪之前。1795年，俄国吞并了立陶宛，立陶宛人不甘心国土沦丧，先后在1831年和1863年两次组织了反抗俄国的起义，都未能成功。由于无法找到起义者们的尸体，他们的家人开始在此地安放十字架，以寄托哀思。

1918年，第一次世界大战结束，东欧原有的政治结构土崩瓦解，立陶宛宣布独立，十字架山成了立陶宛人为和平、为国家、为战争期间失去的同胞们祈祷的地方。

1944年，立陶宛再次被苏联军队占领，命运多舛的立陶宛人持续不断地来到十字架山，留下十字架，用以证明他们仍然忠于原来的身份、宗教信仰和传统，这座小小的山头成了立陶宛天主教徒们以和平的方式抵抗强权的象征。

苏联政府非常辛苦地搬走新的十字架，并至少3次用推土机推平这个地方，这反而激起了立陶宛人的斗志，他们在半夜偷偷插上了十字架，以至于十字架的数量竟有增无减。这就是我心目中的立陶宛人，他们外冷内热、我行我素，做起事来像风一样坚韧而犀利，不容置疑。

我们走在十字架组成的密林中，乐乐很快被迷宫般的小径吸引了注意力，不再关心那段沉重的历史。然而我相信，眼前的景象早已深刻在他的记忆中，长大后回想起来，他也会感慨万千。

如今这里的十字架已达到10万个之多，每个身临其境的人都能体会到当年那一份豪情。回程中再次看到保禄二世教宗的讲话，比刚才又多了几分亲切感："感谢你们，立陶宛人，因为这座十字架山向欧洲和全世界见证了这块土地上人民的信仰。"

至此，我终于找到了我要的感觉。

这的确是一片有故事的土地，它不仅美丽，而且个性鲜明。旅途中让人动情的地方很多，交心的却少，立陶宛便是其中一个，如相识多年的老友一般，万事皆收胸腹内，一切尽在不言中。

致匠心

［6月23日 德国 黑森林］

　　我有个朋友特别爱做蛋糕，尤其是黑森林蛋糕，她说这种蛋糕的老家就在德国的黑森林，原料中的樱桃酒正是当地的特产。

　　黑森林在我的印象中是一个神秘而略带恐怖氛围的地方：古木参天，云雾缭绕，墓穴上长满了青苔，小木屋中住着年迈的女巫……虽然临行前的攻略打破了这些毫无根据的幻想，我依然在期待着一段奇遇，像《爱丽丝梦游仙境》中描述的那样，暂时离开这个千篇一律的现实世界，哪怕只有一天也好。

　　然而当我们的车子真的驶入了黑森林地区，我彻底地失望了。

　　首先，黑森林并不黑，抬头可见蓝天白云；它的气质也并不阴郁，而是相当的简单、明快；我们在一个前不着村后不着店的地方看到了一座小木屋，外表有几分复古，乐乐兴奋地说这终于有点儿古时候的样子了，走进去才发现这是一家后现代风格的咖啡厅，有自助式的电子菜单，高科技设施一应俱全，除了窗外的古木参天之外，竟没有一点与想象中相同。

我对团团说："原来这才是黑森林，真是百闻不如一见。"

抛开心理上的落差不说，这的确是一段相当高质量的自驾线路，沿途风光并没有哪处是极具代表性的，仅仅是草甸、湖泊、森林和城镇的交替组合，却给人一种持续惊艳的感觉。心情和景物一样，都像是刚在清凛的泉水中洗了个澡，一尘不染，又换上了艳丽的新衣。

我们在小镇Triberg的国家公园里吃了一块正宗的黑森林蛋糕，然后

又去商店里看咕咕钟，就是那种每到整点会开一扇小门，有一只布谷鸟弹出来"咕咕"叫的钟，记得小时候家里也有一只，没想到其工艺却是源自300多年前的黑森林。如今的咕咕钟花样更多了，有穿着传统服饰的小人偶，在钟面上砍材、跳舞、喝啤酒，活灵活现地展示着黑森林中的日常生活。

乐乐问我说："这些小人偶都是古人吗？"

我说："是的。"

他说："我以为黑森林还是古时候的样子呢，没想到比城市里还要先进。"

我也有这种感觉，这里的东西不仅考究、严谨，而且力求创新，样样都走在时代的前沿。

我突然意识到，在人类到来之前这里也只是一片普通的森林，也许正和我想象中一样暗无天日，举步难行；改变这里的不是魔法，不是女巫，而是一代又一代居民，他们用自己的智慧和双手做出了咕咕钟，建起了漂亮的旅店、餐厅和博物馆，比童话故事更打动人心的，正是这些匠人们的巧思。

我记得乐乐小时候有一次问我说："妈妈，你是古人吗？"

我说："不是。"

他有些失望，随即想起团团比我大一岁，又满怀希望地问我："那爸爸是古人吗？"

我婉转地回答他说："现在还不是，以后就不一定了。"

是啊，时代滚滚向前，我们不过其中的一瞬，稍不留意就成了古人了。我想起了《爱丽丝梦游仙境》中红皇后对爱丽丝说的一句话："在这个国度中，必须不停地奔跑，才能使你保持在原地。"

感谢黑森林的居民们，给这片土地赋予了生命力，是你们颠覆了我的固有印象，让我明白了这个"不进则退"的道理。

仙村奇遇

在奥地利山区有个小镇叫Raggle，我们和它的邂逅完全是偶然的。

这是我们在欧洲自驾的第10天，我照例拿出手机开始预订当晚的住宿，然而目的地列支敦士登的酒店实在是太贵了，远远超出了我们的预算，我把搜索范围一圈圈地扩大，终于在距离列支敦士登20多公里的地方找到了一家住得起的，而且只有一间空房，我马上毫不犹豫地付了款，回头一看地址，竟是在奥地利境内了。

也好，我家乐乐还没去过奥地利呢，顺便给他插个旗吧！

傍晚时分，我们结束了一天的行程，开始向这家奥地利的酒店进发。导航显示还有五公里的时候车子拐上了一条僻静的山路，海拔迅速地攀升，景色也随之提升了一个等级；导航显示还有两公里的时候视野突然变得开阔，山谷对面的青山如同一幅巨大的、锦绣斑斓的挂毯展现在眼前，有云雾、牛羊点缀在其中，让人心头一振。

　　团团说："你确定还有两公里就到了吗？这荒郊野岭的别说是城镇，连个人影也看不见，不会是导航出了问题吧？"

　　我自己心里也没底儿，只觉得这山颇为陡峭，气压的变化让耳朵嗡嗡作响。

　　终于，导航显示还有0.5公里的时候，路边出现了一个写着"Raggle"的路牌，拐过一道弯儿，一个童话般的小山村闪亮登场，一栋栋田园风格的小屋散落在山间，每家的窗前都摆满了鲜花，雨后的天空呈现出柔和的墨蓝色，空气清新如洗，弥漫着青草的香甜，而一团团白色的云朵仿佛触手可及，有的在屋后，有的在树梢，停下车来走到山涧旁，才发现我们早已置身在云层之上，这个图便宜才订的酒店，竟是座名副其实的"仙居"。

　　这一切来得太突然，我一时还回不过神来。

　　若说这是我生平所见的第一美景的确有些夸张，论壮丽它比不上美国

的大峡谷，论奇绝它比不上挪威的布道石，可它就是有种魔性，让人觉得如在梦中。

在旅店老板的指引下我们去镇上唯一一家还在营业的餐厅吃晚饭，这里连厨师一共有6个员工，居然全都是面色红润、热情好客的老奶奶。点菜的老奶奶怕我们看不懂德语的菜单，极力推荐了店里的招牌菜猪肘子，我一看价格并不便宜，但既然已经来到了这么一个不食人间烟火的地方，预算什么的早就抛到九霄云外了，索性点了3份全餐。老奶奶乐得合不拢嘴，趁着等待上菜的时间，和我们聊起天来。

这一聊才知道小镇只有800多个居民，每年夏天有不少来自欧洲各地的背包客从这里出发，徒步去参观几公里外的一个湖，所以这里的旅游业也很发达。在附近的山区里类似的小镇有很多，Raggle只是其中平凡的一个。

听说我们一家人来自中国，老奶奶很兴奋，她说这里的中国游客可不

多见，我说这是因为信息太不对称了，我从来没在国内的书、网站或者攻略里看到过这个地方，像我们这样因为在列支敦士登住不起酒店，误打误撞找到这里的概率实在是太低了。

老奶奶说她看过一篇报道，说中国有些城市的空气污染严重，有人甚至为此选择了移民，问我是不是真有其事。

我说就以北京为例，空气质量的确时好时坏，然而我不会因此而放弃自己的家乡，我会理性地面对这个问题，做好防护措施，把伤害减到最低。

老奶奶说别担心，早晚会好的。

我笑着说在那之前倒要常回来这里，多吸几口这山间的"仙气"。

酒足饭饱后我们回到酒店，乐乐一脸陶醉地坐在面向山谷的露台上不肯走，眼看着天色渐暗，周围的景物被一丝丝抽去了色彩，只剩下朦胧的轮廓和无限的遐思。我拿出手机，记下了此刻脑海中涌现的文字：

今夜，我抄了近路。
我播下种子，森林便拔地而起，
我穿过花丛，果实便挂满枝头。
今夜，所有人都抄了近路。
蹒跚学步的孩子开始奔跑，
懵懂无知的少年读懂了深奥的诗篇。
这条路也许不通往任何地方，
却总有人满面春风地从对面走来。
我不敢问，
也不敢回头，
我宁愿长留在这里，
在梦的深渊。

第二天一早，我们按原计划前往列支敦士登，乐乐忙着统计他的战利品，第一次在云上吃饭，打钩；第一次看着IMax挂毯睡觉，打钩；第一次半夜爬起来看风景，打钩……我想起昨晚老奶奶说的，附近类似的村镇还有很多，但我全然没有去探索的欲望，对我来说有缘的只有这一个，所以它就是最好的，那些千千万万个错过的，纵然有更美丽的，也只能是别人的故事。

　　这个道理很简单，当年团团坐在了我的身后，而乐乐降生为我的孩子，我们就是彼此的有缘人，纵然有再多不完美的地方，也是独一无二，千金不换的。

　　离开Raggle时没有想象中不舍，再来一次这种话说过太多，实现太少，大概是因为我们还无法坦然地面对离别。我唯一能够留住的只有回忆，这就够了，初遇时那怦然心动的感觉，就是圆满。

一个让人感动的结局

[6月26日 德国 新天鹅堡]

　　今天的故事诠释了法国作家安德烈·纪德的一句名言："关键是你的目光，而不是你的所见。"

　　故事的开端是极端灰暗的，雨下了整整一个早上，没有一丝减弱的迹象，我们的行程偏偏是德国的新天鹅堡，是团团和乐乐期待一路的，迪士尼乐园里睡美人城堡的原型，美国一个旅游网站曾把它评为全世界最"上镜"的景点，只要天气好，步行到玛丽桥上，随手一拍都是明信片一样的照片，难道我们真的与之无缘吗？

　　来到景区才发现不止下雨，还起了雾，我们三个人合撑着一把雨伞好不容易走到售票处，只见门口贴了一张大大的告示：通往玛丽桥的步道因维修而关闭了。

　　这真是双重打击，能见度已经很低了，现在连最佳观赏角度也没了，可我们还是不死心，排了足足一个多小时的队买了参观新天鹅堡内部的门票，坐大巴来到半山腰，继续向着目的地进发。

　　这可真是狼狈不堪的一天，踏了一脚的泥泞，衣服也差不多都湿透了。我们票上的参观时间是下午两点，等待入场的时候肚子饿得发慌，只好冒着雨去几百米以外的小卖部买热狗套餐，一个热狗加一杯咖啡，就着雨水稀里糊涂地吃了喝了，听身边一个游客说有个平台可以完整地拍到城堡的背面，于是屁颠屁颠地赶过去，发现不只是角度差强人意，人也多得很。团团劝我说，等参观完了再来吧，也许到时候雾就散了呢！

　　就是抱着这样乐观的心态我们参观了新天鹅堡的内部，这是一天中唯一轻松舒适的45分钟，跟着导览员一层层攀上精美绝伦的楼梯，在色彩斑斓的歌剧厅里回味着它的主人和建造者，巴伐利亚国王路德维希二世的悲剧故事，一切的不顺利也随之抛诸脑后。

然而一出来我们傻了眼，只有短短45分钟，大雾像变戏法似的聚拢过来，能见度已不足10米；我们走到刚才那个平台上，人群不见了，新天鹅堡也不见了。

迎面走来一个刚上山的中国姑娘，一脸茫然地东张西望，团团指着面前的山谷对她说："是找新天鹅堡吗？就在那儿了。"姑娘擦了擦眼睛，问："你确定吗？"团团掏出手机，说："你看我刚才还拍了照片呢！"姑娘盯着照片找了一会儿，又问："你确定吗？"

我们哭笑不得地往山下走，小小的雨伞也顶不了什么大用，三个人被淋得像落汤鸡一样，迟迟不见车站的影子。故事发展到这里，我真的想象不出结局还会有怎样的反转，然而旅行就是这样，你永远都猜不透，前方有什么在等待着你。

这一天，等待我们的是一阵歌声。

从云雾中传来的歌声，大概是意大利语的一首进行曲，慷慨激昂，浑厚嘹亮，让人为之一振。我们快步走上前去，这一看更加惊讶了，只见十几个穿着蓝色雨衣的男人笔直地站在小小的候车亭中，像是一个没有伴奏的合唱团，正在全神贯注地演出，他们身材各异，大多其貌不扬，脸上却都挂着骄傲的笑容。

我有一万个疑问却不知道从何问起，只觉得心中涌起一阵豪情，将一天的阴霾一扫而空。候车亭里站满了围观的游客，有像我们这样已经结束游览的，也有刚刚上山，根本连新天鹅堡的影子都没机会看到的，大家都随着节奏轻轻地晃着头，摆动着身体，真有些演唱会现场的气氛。

一曲终了，演唱者们换了个姿势，调整了一下队形，又唱起了下一曲。围观者越来越多，外圈的就站在雨中，没有人提问，也没有人大声交谈，大家都专注地听着，好像有一种无言的默契。

第二曲终了，演唱者们开始休息，有人用意大利语和他们交谈，我却听不懂是什么意思。大概是受了音乐的鼓舞和感染吧，人群中的气氛明显活跃起来，有个大概是刚上山的年轻姑娘，在路边发现了一个画着新天鹅堡简笔画的指路牌，于是兴冲冲地跑过去合影，还用英语大声招呼着其他游客："快来啊，新天鹅堡在这里呢！"

于是游客们纷纷冲到雨中，排着队和那个指路牌合影，我们这些人来得比较早，有幸见过新天鹅堡真身的也忍不住加入其中，那场景也真是怪异到极

致了。

我要感谢这些陌生的演唱者和路人，把我们灰暗的一天涂成了彩色。

就像是写给坏天气的一封信："嗨！我们不会受你的影响，我们有一颗不屈不挠，一定要快乐的心！"

大雾可以挡住新天鹅堡，却挡不住我们的目光。

就像是安德烈·纪德所说的："关键是你的目光，而不是你的所见。"

说来也怪，我和团团一路都在商量，等天气好了是不是要再来一次，可此时我脑海中全都是十几个身份神秘的"蓝雨衣"，还有那个受宠若惊的指路牌，至于在玛丽桥上拍的那张像明信片一样的照片，我倒是提不起半分兴趣了。

相见于忘却的记忆中

今天我做了一个很长很长的梦，梦见我是一个荷兰的居民，我的国家被大漠国入侵了，入侵者们骑着骏马，穿着铠甲，一路将我们赶到一座大风车上，我的同伴们纷纷殉国了，只剩下我和一个中学生时代的女同学，我们手拉着手，惊恐地看着敌人一步步地逼近。

我吓醒了，一睁眼发现我正在躺在北京的家里，吹着空调。

正当我松了一口气的时候，我转念一想：不对啊，我那个女同学还在大风车上担惊受怕呢，我得赶紧回去告诉她，这是在做梦啊！

于是我蒙上头继续睡，这一下还真睡着了，我穿越回到了荷兰的大风车上，这风车足有四五层楼那么高，我俩正站在一条细细的横梁上。

我也顾不上害怕了，像是一部好莱坞电影里的情节一样，我拉着她的手说："我现在没时间和你解释，但是请你一定要相信我，我们这是在做

梦，只要我们跳下去梦就会醒来，我们就不用被大漠国的坏人们俘虏，你愿意相信我吗？"

她说："我相信你。"

我感慨万千，还和她约好了改天一起吃饭，就在这时我灵光一闪，突然想到了这既然是我的梦，她又怎会记得呢？

她不会记得我们在这风车的横梁上同生共死，也不会记得我们约好了吃饭，我们已经快20年没见了，早已没有了联系方式，所有这一切，都只存在于我一个人的记忆之中，不，或许连我自己醒来之后也会忘记。

想到这里我不禁泪流满面，我对她说："看来，我们只能在忘却的记忆中相见了。"此时敌人蜂拥而至，我们彼此道别，然后视死如归地跳下了风车。

一阵强烈的失重感之后我终于彻底醒了过来，原来竟是一个梦中梦，我不是在风车上，也不是在北京的家里，我正在荷兰的首都阿姆斯特丹。

之所以做这样的梦，一定是因为我们昨天白天去了一个叫小孩堤坝的景点看大风车，宣传片里讲了不少荷兰人民在湿地中用风车排水，艰难求存的英雄故事，再加上我们回来路上一直在听《射雕英雄传》的评书，于是变成大漠国入侵荷兰了。

梦虽醒了，脸上的泪痕却在，心中的伤感也在。

相见于忘却的记忆中，不知梦中的我是怎么编出这样一句台词，可类似的场景对我来说却并不陌生。

团团有个中学同学叫伟哥，为人内向、随和，结婚之后我们常常组织聚会，于是伟哥就成了我的酒友。他这个人特别有意思，喝到一定程度就会变身为伟哥2号，豪爽、健谈，会和我一起聊聊人生观、价值观、世界和平、粮食问题什么的，有时候他明显是断片儿了，我说话就会随意起来。

可有时候我也断片儿了，我问他："接下来的话咱俩明天谁也记不住了，那还说不说啊？"

我不记得他是怎么回答的，第二天数着空酒瓶子也知道我们又聊了多少家国大事，说了多少豪言壮语，那些话，是真的仅存在于忘却的记忆中了。

那关于这次旅行的记忆又能延续多久呢？即使这记忆再辉煌，也终有一天会随着我们的离去而烟消云散，想想未免可惜。然而有些事情并非是为了留存，为了传颂，为了证明什么而存在，它们存在仅仅因为它们的本身是美好的，是这美好世界的一部分。这道理听起来悲壮，却也充满了诗情画意。

天亮后我把这个梦，连同我这一番所思所想告诉团团，团团狠狠地在我头上拍了一巴掌，说："你这就是在阿姆斯特丹休整的这几天闲着了，别胡思乱想了，赶紧收拾行李，我们今天就要去秘鲁了！"

是的，我们终于要去秘鲁了，那是一片我从未踏足过的神秘土地。

让我们整理好心情，向着大洋的彼岸出发！

利马的七种暗器

[7月3日 秘鲁 利马]

在利马的第一天我凌晨4点就起床了，一方面是因为时差没倒过来，一方面也是因为兴奋。从走出机场的那一刻起我整个人像是打了鸡血一样，仿佛是身体中某个沉睡的部分突然惊醒了过来，上次有这样的感觉还是在摩洛哥的马拉喀什，大概这两个地方有什么潜在的共性吧。如果我知道接下来的一天

会发生什么事情，我一定会蒙上被子再补个回笼觉，然而在那一刻我是毫无心理准备的，我早早地穿戴整齐，在酒店的房间里一圈圈地踱着步子，等待天亮。

在利马的第一天，我先后中了七种暗器。

第一种暗器叫作虔诚。

吃过早饭之后我们打车来到圣马丁广场，瞻仰了民族英雄圣马丁将军威风凛凛的铜像，然后一路向着利马的游客聚集地——武器广场进发。这座城市好像还没有睡醒，连肯德基都是大门紧闭，没有早餐供应；唯一开门的就是赌场和教堂，晚归的人和早起的人擦肩而过，各自低着头，仿佛不在一个世界。

我们的目的地是位于武器广场东侧的利马教堂，那是利马的地标建筑之一，常年游客如织，即使不是信徒也不会觉得太过突兀，打扰了别人的

生活。然而这一路所见的不知名的，连地图上也找不到的小教堂，间间都是雕梁画栋，比想象中精美太多，我忍不住停下了脚步，站在其中一间的门外张望。

大概是因为周日的关系，教堂里坐满了人，还有几个信徒正匍匐在神龛面前的过道上，其中有一个穿着黑色毛衣，红色长裙的老妪正艰难地爬起来，缓缓地转过身，朝我们这边走来。

她的身材很矮小，不到150公分，蹒跚的步履中透着一丝坚定；她的双手微微向前伸着，好像要抓住什么似的。我们之间有着一定的距离，我不可能看到她的五官和表情，然而在那一刻我几乎可以肯定她眼中正饱含着泪水。一种似曾相识的痛楚击中了我，我不自觉地走进了教堂，坐在后排的座位上。

从小到大不知道去过多少教堂，它们对我来说不过是旅游景点；即使在英国上学的时候偶尔去参加弥撒，所见之人也大多是神色如常，体会不到什么情绪的波动。然而在这里，几乎每个人都把故事写在了脸上，或是迫切，或是凄苦，或是木然。一个中年妇女看向我，我下意识地把肩上背着的相机藏在身后，然而她对着我微微一笑，这笑容中竟带着几分感激的意味。

我放下心来，默默打量着周遭，只见座位两侧的通道上各排着一条长长的队伍，队首正是忏悔用的小木亭。木亭里没有人，大概是忏悔的时间还没到，大家就在原地默默等待着，有几个上了年纪的几乎要站不住了，身体微微晃了晃，却不肯走到一旁坐下。

我不知该如何去解读这种氛围，公元16世纪西班牙的侵略者们踏上了这片土地，同时也带来了天主教，这外来的宗教是如何在这片土地上落地生根，我不得而知；这信仰究竟是统治的工具还是内心的救赎，我更无权评论。

如今让我感到震撼和压抑的，归根结底，不过是虔诚二字。

第二种暗器叫作贫穷。

利马是这样一座城市，如果你空降在圣马丁广场或是武器广场，看一看光鲜亮丽的市政厅、总统府、主座教堂，你会有一种到了欧洲的感觉；然而当你沿小路走到百姓家的后院，它更为真实的一面就会浮现出来。既然我们不远万里来到了这里，自然不能止步于小小的武器广场，我把目光锁定在了龙蛇混杂的里马克区。

《孤独星球》对这个区域的描述是："社区环境欠佳，建议不要单独前往。"

　　从武器广场步行几分钟便来到了里马克河，在盖丘亚语中"里马克"是"说话"的意思，据说这条"说话的河"也是"利马"这个名字的由来。从一座石桥过了河，对岸便是里马克区，街道两侧的建筑开始变得矮小、破旧、杂乱，地面上流淌着不知从哪里来的污水，散发着难闻的气味。

　　我们拦下了一辆出租车，连比带划地说要上山，在里马克区有一座409米高的小山坡，山顶有观景台，可以俯瞰利马城的全景和太平洋。司机大叔好不容易明白了我们的意思，很凶地用西班牙语说了个价格，我没听懂，却装作很懂的样子说："OK，开车吧！"

　　车子穿过一片商业区后盘旋上山，一路飞沙扬尘，这场景让我想起了十几年前在开罗，繁华都市中突然出现了一片贫民窟，巨大的贫富差距让人觉得无所适从。里马克区的民居依山而建，大多是砖房，外墙刷成了深浅不一的粉色、绿色、黄色、蓝色，大人们行色匆匆，孩子们在街口踢着皮球，空气的能见度很低，不知是工业污染还是尘土，司机大叔开着车窗，我下意识地掩住了口鼻。

　　其实秘鲁的经济属于比上不足，比下有余，"贫穷"只是个相对的概念，大概是我们这两个月来一直在欧洲的发达国家中旅行，习惯了精致、优雅的生活，如今见到孩子们光着脚，脸上、身上都是泥巴，不禁心头一颤。

到了山顶之后才发现这里真称不上是一个景点，白色的十字架上镶着廉价的小灯泡，地上到处都是垃圾，既看不见利马城的全景，也看不见太平洋；正赶上某个学校来这里郊游，学生们却都玩得很开心，踩在栏杆上振臂高呼，仿佛是世界之王。

我开始有些明白，为什么利马会带给我像马拉喀什一样的视觉冲击，因为它们都不是一个模范生。

它们都有贫穷、落后的一面，让人找不到安全感。

然而它们全身上下都充满了生活的气息，有血有肉，栩栩如生。

第三种暗器叫作热情。

《孤独星球》上说每半个小时会有一辆巴士往返于山顶和市区之间，然而我脑残地把这辆巴士当成了学生们的校车，眼睁睁地看着它开走了，于是我们3个就坐在空荡荡的山顶上，等着下一班车的到来。

　　这时一辆私家车停在了我们的面前，车上坐着除了我们之外的最后一拨游客，坐在副驾驶位置的中年男子摇下车窗对着我们招手，用西班牙语眉飞色舞地说了一大段，见我们没有反应，又用手指了指山下，做出了一副询问的表情。

　　我当时真有点儿蒙了，他们是问我去哪儿吗？是想送我们下山吗？等等，这车子不算大，加上司机已经坐了大大小小7个人了，根本没有我们的位置了啊。难道他想帮我们叫辆出租车吗？回想起刚才那个出租车司机很凶的表情，我想我还是宁愿在这里等巴士，可是语言不通，又怎么和他解释呢？

　　抱着试一试的心态我用英语在一张便签纸上写下了武器广场几个字，直觉告诉我这些人没有恶意，他们只是想尽一下地主之谊。

　　然而接下来的一幕真是大大地出乎了我的意料，只见他们用西班牙语交谈了几句，对我比出了一个"OK"的手势，随后副驾驶座位上的年轻男人下了车，与后座上的一对身材微胖的母子交换了位置，此时后座上有3个大人和一个小姑娘，他们挤了挤，勉强空出了一个人的空间，然后笑着对我们招手说："上车吧！"

我比刚才更蒙了，出门这么久第一次感受到什么叫盛情难却。团团说："要不你们先走吧，我在这里等巴士。"于是我抱着乐乐上了车，谁知后座上的女人一把接过了乐乐，把他和自己家的小姑娘一起放在了膝盖上，然后对团团说："你也上来吧！"

在欧洲租车的时候不系安全带不行，不用儿童安全座椅不行，大大小小的规矩写满了几张A4纸；然而在这里，一辆5座的小轿车里居然挤了10个人！

司机大哥打开了音乐，车子沿着颠簸的山路下行，我坐在团团的身上，一只手抓着车门，一只手扶着乐乐；乐乐紧张兮兮地坐在别人的身上，那个年纪与他相仿、眼睛大大的小姑娘对他说了句："hola（你好）！"他腼腆地笑了笑，想回答却不知该如何开口。

我从没有过这样的经历，每遇到急转弯的时候车里的人几乎是摔成一团，头发也乱了，手臂也麻了，在这个初次相逢的城市里，我的心就像过了电一样，有几分紧张，有几分兴奋，更有几分温暖。

20分钟后车子停在了武器广场隔壁的街口，团团礼貌性地掏出了钱包，其实我也弄不清楚这趟顺风车究竟是免费的呢，还是收钱的呢？即便是前者，给人家添了一路的麻烦，给一点儿报酬也是理所应当的。

司机大哥看着钱包愣了一下，随即咧着嘴笑了起来，车里的几个人不约而同地对我们摆着手，后座的女人还帮我们打开了车门，生怕我们误会了他们的善意，我人生中的第一句西班牙语"Gracias！（谢谢）"就这样脱口而出，然而一句谢谢又怎能表达我此时的心情？

司机大哥的笑容生动而爽朗，像一缕阳光洒在我的心头，如果说我对这座城市还有最后一丝陌生感，也在这笑容中消失不见了。

第四种暗器叫作欢庆。

下车之后我们才发现，整个武器广场都和之前不同了，数十名身穿黑

蹲 下 来 的 世 界

120 ／ 121

色礼服、戴着白色礼帽的骑兵骑着高头大马，正在环绕广场一周的公路上游行，他们每个人手中都举着一面秘鲁国旗，英姿飒爽；他们胯下的坐骑也是精心装扮过的，臀部上印有不同的标记，小腿上也缠着不同颜色的丝带，缰绳上的铃铛哗哗作响。

　　我在网上简略地查了一下，今天是7月3日，不是秘鲁的国庆日，也不是其他什么重要的节日，大概是我们运气爆棚，赶上了什么特殊的庆典吧！

　　刚刚还沉浸在感动的情绪中，此刻一下子变得亢奋起来。有一队骑兵正在总统府面前的空地上休息，大家纷纷跑过去合影，有游客，也有当地的居民，年轻的骑兵们笑着摆出各种Pose，连一向矜持的乐乐都被这气氛感染了，非要去凑个热闹。

　　团团开玩笑说，武器广场不是也叫擦鞋广场吗，怎么看不见擦鞋的了？

正说着，只见人群背后一个不起眼的角落里，一个带着全套工具的大叔正在给一个穿着迷彩服的青年擦皮靴。等等，这青年好眼熟，他不是刚才还在执勤的其中一个防暴警察吗？执勤的空档里也不忘来擦个鞋，也算是应景了吧。

第五种暗器叫作混乱。

《孤独星球》里这样形容摩洛哥的马拉喀什："这是个专门打岔的地方，不需要那些无聊的直线逻辑。"我觉得这句话在利马也同样适用。

我们选了一家旅行App上推荐的餐厅吃午饭，走到门口才发现他们暂停营业了，又选了一家，依然是暂停营业……饿得发慌的我们只好在街边随便找了一家图片看起来比较诱人的餐厅，进去之后才发现他们没有英文菜单，服务员也是一句英文都不会，没办法，硬着头皮来吧！

旅行这么多年，其实极少遇到语言完全不通的情况，我父亲给我讲过他用中文只身闯巴黎的故事，听起来惊险刺激，可如果放在自己身上，始终觉得是个不可能完成的任务。

到了利马才体会到，没有什么是不可能的。

菜单上没有图片，我们靠贴在墙上的宣传画加上手语成功地点了餐，服务员是个20岁出头的年轻姑娘，大概不常遇到这种情况吧，看到我们用手比画出了各种动物的样子的时候，她简直是乐开了花。

熟悉了彼此的套路之后我们开始尝试难度更大的交流，比如餐品是一起上还是分开上，饮料要凉的还是热的，洗手间在哪儿……其实我手机里是有翻译软件的，西班牙语的单词我也背过不少，可此刻觉得完全不需要啊，原来人的两只手和表情可以传达那么多意思，即使我们来自半个地球之外，肢体语言却是相通的。

在之后的行程中我才知道这仅仅是个开始，我们不止能在零语言交流的情况下吃饭、打车、问路，还能成功参报当地的旅行团，约定见面的时间和地点，没有什么是不可能的，这是后话。

菜端上来之后，和我们自以为点的还是有一定的出入，比如鸡肉饭变成了鸡汤面，一杯印加可乐变成了1.25升的一大桶，可是谁还在乎啊？

虽然只有短短半天，我们已经完全融入了这种混乱的气氛：道路的标示有的能找到，有的找不到，有的有英文，有的没英文；计程车不打表，同样的路程价钱能相差很多；5座的车可以坐10个人，不用系安全带，遇到警察叔叔的时候我心里还咯噔了一下，生怕连累人家被罚了钱，谁知道警察叔叔愉快地对我们挥了挥手，就差竖起大拇指了！

城市管理的混乱、多元文化的混乱，再加上语言不通的混乱，简直把我所有的逻辑都打败了，但是请相信我，混乱这两个字，绝对不是贬义词。

　　连一向最讲条理的我都被洗了脑，开始乐在其中了！

　　第六种暗器叫作美食。

　　先来形容一下我们在利马的第一顿正餐吧。

　　餐前小点是一种油炸的谷物，有点儿像爆米花里没爆开的玉米豆，嚼起来嘎嘣嘎嘣的，满口留香。

　　前菜是一种叫ceviche的海鲜沙拉，这是秘鲁的一道名菜，用柠檬汁腌制过的生鱼片和虾仁，拌上番茄、洋葱和生菜，冰凉爽口，有几分意大利的风情。

　　主菜我和团团合点了一份牛肉炒面，我第一口就吃出了家乡的味道，牛肉鲜嫩多汁，还带着一股酱油的香甜，显然是用猛火爆炒而成的。我正在感慨秘鲁的厨艺五花八门的时候，乐乐的鸡汤面也端上来了：鲜而不腻的鸡汤，一小把龙须挂面，上面漂着几粒油花，这是他打记事起就最爱吃的，简直和幼儿园阿姨做的如出一辙！

　　乐乐问我说："这是巧合吗？"我说："不是，秘鲁的饮食和它的文化一样，不只是本地土著居民和西班牙殖民者的结合，更受到了来自世界各地移民者的影响，行程了一个自成一体的'大杂烩'，中餐元素的盛行，也能在历史上找到渊源。"

　　在国内的时候我和乐乐都是汉堡、比萨和意大利面的狂热爱好者，出门之后连着吃了一个多月的西餐，开始很兴奋，后来也有些绷不住了，就在我们谁也不肯承认想家的时候，冷不丁来上这么一顿，所谓幸福，大概也不过就是如此吧。

第七种暗器叫作侠义。

酒足饭饱之后已是下午3点，团团问我在利马还有什么心愿，我说我一定要再去一次里马克区，刚才在出租车上看到了一条满是涂鸦的街道，我心里一直念念不忘，想步行过去拍几张漂亮的照片。

经过这大半天的"亲密接触"，我对利马的治安问题已经完全放松了警惕，我甚至提议让团团先带着乐乐回酒店休息，反正拍照对他们来说也没什么意思；幸好这次团团还比较理智，坚持要陪我同行。

我们顺利地找到了印象中的街道，从摄影的角度来看，这里的建筑物极具风情，我几乎忽略了周围气氛的诡异：一群聚在路边聊天的小姑娘，看到我们走来后竟不约而同地放低了音量，开始用耳语交谈。

我们彼此打量了几眼，姑娘们看起来欲言又止，我更加摸不着头绪，只好回以微笑。

就在我们擦身而过的时候，一个年纪比较大的姑娘突然叫住了我，手指着我肩上的相机，说了一大串西班牙语，声音很小，像是怕谁听到。我不知道她是什么意思，是说这里不让拍照吗？还是要我注意安全？我礼貌性地扣上了镜头盖，把相机背到了身后，这姑娘又说了一大串，看我实在是听不懂，索性一把抓住了我相机的带子，把相机挂在了我的胸前。

　　我连忙说谢谢，然后继续往前走，走到10米开外的地方，一辆私家车突然停在了我们的身边，驾驶员是个戴墨镜的女人，她摇下车窗问我们会不会说西班牙语，我说不会，她指了指我的相机，又指了指我们来时的方向，看我们一脸呆滞的表情，她急得把驾照都掏了出来，指着上面的照片，用不太熟练的英语对我说："我是西班牙人。"然后再次指了指我们来时的方向。

　　这下子任我再后知后觉，也明白了事情的严重性：一定是前面有人惦记着我的相机呢，她要我相信她的话，掉头往回走！

　　我下意识地往前张望，果然有两个戴着鸭舌帽的男青年正站在电线杆的后面，我佯装镇定地拍完最后一张照片，然后慢慢转过身，若无其事地

开始往回走，乐乐还没闹明白是怎么回事，追在我身边问："妈妈，你拍完了吗？前面还有几幅特别大的涂鸦你怎么不拍了呢？"我说："今天太累了，咱们还是回酒店吧。"

路过那群小姑娘的时候，我感激地对她们点点头，随即加快了脚步。走着走着隐约觉得身后有人跟随，一回头发现正是刚才拉我相机袋子的姑娘，她手里揣着一根彩色的跳绳，默默走在离我们十几步远的地方，直到我们进入了热闹的街区。

团团问我说："你后怕吗？"

按理说我应该是后怕的，可每次回忆起这个故事，我没有丝毫紧张和畏惧，我只觉得热血沸腾。

这些姑娘是否认识那两个男青年？她们是否会因为提醒了我们而惹上麻烦？我不知道。说实话我到现在都不知道那天到底发生了什么事情。我只要记住在那条里马克区的小路上，每一个陌生的路人都曾不顾危险，对我们仗义相助。

至此，我们在利马的"惊魂一日"终于落下了帷幕。

我感觉自己是遇到了一位武林高手，连发七道暗器，道道打中我的周身大穴。

利马这个名字，不知道在书上、攻略上看了多少遍，不知道和别人念叨了多少遍，对我来说它就是这么有魔性，短短一天的时间，我这一颗心忽上忽下，忽冷忽热，过去两个月的劳累和倦怠都一扫而空。

从某种意义上来说，我也是这座城市的有缘人。

我们在超市里买了只烤鸡回到酒店，我对乐乐说，这只是个开端，我们即将深入到秘鲁的沙漠、山区和雨林，接下来的行程会比今天更加惊险、刺激，你愿意接受挑战吗？

纳斯卡线之谜

[7月5日 秘鲁 纳斯卡]

我："这一章的内容我们将以访谈的形式展开，请热烈欢迎我们的嘉宾，团团！"

（我和乐乐鼓掌。）

团团："谢谢。"

我："首先祝贺你平安归来，作为全家唯一一个有幸目睹纳斯卡线条奇观的人，你此刻的心情是怎样的？"

团团："激动，无与伦比的激动。"

我："能不能先请你介绍一下有关纳斯卡线条的背景知识？"

团团："好的，1939年保罗博士乘坐飞机沿着纳斯卡平原上的古代引水系统飞行，偶然间发现了镂刻在地面上的巨型线条，这些线条构成了各种生动的图案，有兀鹫、蜘蛛、蜂鸟、猴子、蜥蜴和人形生物等等，绵延

数百公里。这些线条究竟是如何形成的？有什么用途？背后隐藏着什么含义？考古学家们到现在为止还没有找到确切的答案。因此有人把纳斯卡线条称为世界上最大的天书。"

我："这些线条的年代一定相当久远吧？"

团团："是的，这些线条出现在公元前5世纪到公元5世纪之间，这正是它们的神秘之处，2000年前的纳斯卡人，是如何在科技手段不发达的情况之下，完成这一壮举的呢？"

乐乐："在地上画画有什么难的？"

团团："问题在于这些图案十分巨大，一般人处于地面的角度上只能见到一条条不规则的坑纹，只有在300米以上的高空才能看到全貌。2000年前的纳斯卡人不可能掌握现代飞行技术，他们是如何精准地把这些图案刻画出来的呢？"

我："专家们有什么假设吗？"

团团："纳斯卡线条被发现后，世界各地的专家相继展开了研究工作，其中包括德国女数学家玛利亚·赖歇。她发现许多线条爬坡穿谷，绵延很长距离却能保持笔直，很可能是在木桩间拉线作为画线的标准，只要三根木桩在目测范围内保持一条直

线，那么，整条线路就能保持笔直。至于弧线部分，大概是利用了圆规的原理。"

我："好的，背景知识就介绍到这里。下面给大家分享一下你参观纳斯卡线条的亲身经历吧。"

（我和乐乐鼓掌）

团团："早上7点我和其他两名游客一起坐车到了机场，这是位于纳斯卡市郊的一个小型机场，我们被告知，因为天气的原因要延迟起飞，候机厅的电视上反复播放着BBC拍摄的有关纳斯卡线条的纪录片，让我对这一奇观有了更加深入的了解。"

"早上10点左右天气终于达到了起飞标准，一个20多岁，身穿制服的的女人带我们来到了停机坪，飞机比想象中还要小，只有6个座位，我开始有些害怕了。"

"刚才那个女人自我介绍说，她平时的工作是牙医，因为兴趣而学习了飞机驾驶，今天担任我们的副机长，职责是在机长出现问题的时候，安全地将我们带回地面。我心里更害怕了……"

我："有没有想过放弃呢？"

团团："没有，纳斯卡线条我从学生时代就听说过，一直十分向往。而且从理智上，我也相信专业公司的飞行安全。"

我："恭喜你克服了自身的恐惧。起飞之后所看到的场景和你想象中一样吗？"

团团："不太一样。首先，这些图案比我想象中更清晰，尤其是蜂鸟和卷尾猴，可以说是一目了然。其次，飞到空中之后不止可以看到纳斯卡线条，也可以看到一些其他的地貌特征，比如沙漠和农田的分界线，很有意思。"

我："给你印象最深刻的是什么呢？"

团团："是外星人的图案，刻在一个土坡上，很小，大家都管它叫外星人，其实仔细看看它只是比正常人的眼睛大一些。如果真的是外星人，就太神奇了。"

我："是的，我也听说过一种假说，说纳斯卡线条是外星人制造的，不过没有什么依据罢了。你还有什么其他的感受吗？"

团团："晕机。这是我从小到大第一次晕机，为了让坐在机身两侧的游客都能清晰地看到纳斯卡线条，驾驶员一会儿让机身左倾，一会儿让机身右倾，而且绕着圈地飞，我差点儿就吐了。"

我："真是辛苦了。"

团团："这些辛苦都是值得的，未解之谜这四个字对任何人来说都有着巨大的吸引力。"

我："亲眼所见之后，你对纳斯卡线条的用途有什么猜测呢？"

团团："我同意目前比较主流的说法，这些图案是不同家族的族徽，同时也是古纳斯卡人分配水源的标志。纳斯卡地处沙漠，常年降水量很小，而在这些图案覆盖的地下分布着大量的水渠，因此我认为这种说法比较合理。"

乐乐："我认为不太合理，沙漠里又没有猴子，他们可能从来都没见过猴子，怎么会用猴子作为族徽呢？"

我："两个人说得都有道理，那么大家对这些线条的制造过程又有什么猜测呢？"

乐乐："他们可能是建了一个很高的房子，有人站在房顶上指挥下面的工人。"

团团："专家们也曾提出过这个假设，但建筑高台所需的材料从何而来呢？假如用木材，纳斯卡地区干旱少雨，不可能有茂密的树木生长；假如用土，这里的地表以砾石为主，根本没有足够的泥土用于建筑；假如用岩石，为何我们在附近没有发现大规模采石场的痕迹呢？"

乐乐："那也许是热气球吧。有人坐在热气球上指挥工人。"

（我和团团一时间无从反驳）

团团："这的确是一个很有意思的假设。"

我："再次感谢我们的嘉宾——团团的热情分享！"

团团："不用谢，我只是一个转述者，我们应该向古纳斯卡人创造的奇迹致敬。"

（所有人鼓掌）

附言：很遗憾只有团团一个人看到了这个奇观，我们和当年的三毛一样，只能在旅店的房间里等待，她是因为舟车劳顿，我是因为恐高。当年三毛的助手米夏带回了3000多字的游记作为《万水千山走遍》的附录，而团团带回了300多张照片让我整理。我想说即使我没有亲眼见到，仅仅是身处在这座名叫纳斯卡的城市里，也让我深感自豪。

温暖的黄沙

　　今天我要讲述的是一个特别美好的下午，起因是我们报了一个特别有趣的旅行团。

　　首先不得不提的是我们报团的过程：

　　我们在纳斯卡的街头选了家看起来还比较正规的旅行社，进去之后发现只有一个老爷爷在值班，完全不会说英语，正在我们犹豫要不要继续的时候，老爷爷热情地把我们请到座位上，自信满满地比出了一个OK的手势。

　　语言不通怎么能介绍行程呢？这当然要借助科技的力量了，只见老爷爷用遥控器打开了电视，开始播放一段纳斯卡旅游的宣传片，每播到一个景点就按一下暂停键，询问地看着我们，我们想去就点点头，不想去就摇摇头。好在纳斯卡是个小地方，景点不算很多，短短5分钟的宣传片播完，老爷爷递给我们一张彩页，上面列出的行程和我们的选择相差不多，价格也合适，于是我们爽快地答应了。

　　接下来就是商定出发的时间、地点和注意事项了。

　　时间可以用日历和手写的阿拉伯数字来搞定，地点就费了点儿周章，老爷爷在纸上画了半天我才明白他是要去酒店接我们，然后他把两手并拢枕在耳边，做出了一个睡觉的样子，团团灵光一闪，说这是问我们的房间号吧，于是掏出了印有房间号的钥匙，老爷爷竖起了大拇指，脸上的表情好像在说："哪来的小伙子啊，真有默契！"

　　默契一旦养成，我们的沟通就更加顺畅了，老爷爷成功地把要涂防晒

霜、要带厚一点的衣服这些信息都传达给了我们，还顺便推销了当地的名酒Pisco，我和团团开玩笑说，看来明天的导游也不用说英语了，我们已经习惯了。

第二天下午一点，一个腼腆的男青年准时出现在我们酒店的大堂里，他自称只有3个月做导游的经验，英语说得不好，请我们多多包涵。在他的带领下我们来到了和其他团友的集合地点，一辆红色的"越野车"就停在路边，说实话我从没见过这种造型的车子：车头是尖的，车尾是圆的，就像是一只趴在地上的刺猬，四周镂空，只有一个顶棚，发动机就露在外面，真是要多拉风，就有多拉风！

同行的团友是两个姑娘，一个来自芬兰，一个来自香港，我们的谈话很快就被震耳欲聋的马达声中断了，我们的"大刺猬"开始一路狂飙，速度竟不输给路上的任何一辆小轿车，不到10分钟的时间，我们来到了位于市郊几公里外的第一个景点：Cantallo引水渠。

导游先生的英语水平的确不高，借助书和网络上的介绍我们才弄明白，纳斯卡位于沙漠地区，每年只有3个月的降水，于是水分的储存、运输就成了当地人最重要的谋生手段。类似这样大型的引水设施有数十个之多，最早的已经有1500多年的历史了。

第二个景点是今天的重头戏：位于城西25公里的Cahuachi金字塔遗址。

等等，以前只知道古埃及人和古玛雅人建造金字塔，秘鲁也有金字塔吗?

答案是有的，这是科学家们通过遥感技术穿透泥土和岩层发现的一个古代泥质金字塔群，历史可以追溯到公元1到5世纪，是曾在这个区域繁盛一时的纳斯卡文明的重要遗址。

这些金字塔呈阶梯状，工人们先把泥土制成泥砖，再层层叠叠地堆放在一起，没有埃及金字塔的宏伟，也没有玛雅金字塔的精致，然而你不得不感慨，古代人为信仰所完成的壮举当真是有着惊人的相似。

导游介绍说，这些金字塔的主要功能是祭祀，相当于一个综合性大广场，储存遗体只是附带的功能。Cahuachi的长期居民并不多，其中大部分是萨满，信徒们从纳斯卡镇上跋涉20多公里来到这里，就为了请萨满问一问太阳神，解答心中的疑问。

公元300年到350年期间，两次重大自然灾害让Cahuachi丧失了典礼中心的地位，这些设施也最终被弃之不用。

离开Cahuachi遗址区，我们来到了今天的最后一个目的地：Usaca沙丘。

这是一片真正的、一望无际的沙漠，导游开始给车胎放气，为接下来的冲沙活动做准备，我们车里的几个人也天南地北地聊起天来。

香港姑娘今年大学毕业，独自一人来到南美，原计划两个月走遍秘鲁、玻利维亚、智利和阿根廷，如今在秘鲁一个国家就逗留了将近3

个星期，而且没有丝毫想离开的意思；芬兰姑娘是一名公司职员，这次是利用年假出来旅行，在秘鲁的行程和我们完全同步，连交通工具都是同一家公司的大巴，也是无巧不成书了。

我们也说起了自己的环球旅行，在北京的朋友圈里每次说起这些大家都会啧啧称奇，好像这是一件多么困难、多么不寻常、多么了不起的事情，渐渐地我们也觉得自己是个另类的人；可是在旅途中遇到的朋友就不一样了，大家的兴趣和经历都差不多，从某种意义上来说我们是同类人，我们的旅行在她们看来不过是件平常事，我们将来还会在某个地方相遇，也许是秘鲁也许是阿根廷也许是南极或者外太空，我们的心不受束缚。

这件事儿说来也奇怪，那么多同类人，相见时相谈甚欢，可即使互留了联系方式，还是相忘于江湖。

最终留在我们身边的有技术宅，有循规蹈矩的上班族和家庭主妇，我们有着不同的生活轨迹，但我们却是互补的。

有句话说："相似的人适合一起欢闹，互补的人适合一起变老。"

此刻想起来的确有几分道理。

　　正聊得起劲的时候导游重新发动了车子，一本正经地说："请大家一定要坐稳扶好，我们要开始冲沙了！"

　　乐乐问我说："什么叫冲沙啊？"

　　我还没来得及回答，只听"轰"的一声，车子猛然提速冲向沙丘顶端，从立在地上的两根竹竿之间穿行而过，等等！脚下不是悬崖吗？我连忙抓着乐乐的手闭上了眼睛，只觉得一阵强烈的失重，我们从陡坡上"冲"了下来，紧接着"冲"上了另一个沙丘，再"冲"下来，我反问乐乐说："这就是冲沙，好玩吗？"

　　我第一次参加冲沙是在埃及的撒哈拉沙漠里，不过是比平时的车速快一些，颠簸一些，我怎么也没把这项活动和过山车联想到一起，如今已经上了"贼车"，后悔也来不及了，团团和乐乐倒是玩得很开心，和大家一起尖声大叫着，吃了满嘴的沙子。

　　从车上下来的时候我的腿已经软了，导游发给我们每人一个滑板，一个打磨滑板用的蜡块，并简单介绍了一下滑沙的姿势：我们可以选择坐着滑，或者趴着滑，小朋友如果害怕的话可以选择和大人共乘同一个滑板。

　　乐乐考虑了很久，终于鼓足勇气坐在了团团的滑板上，团团从身后抱着他，导游轻轻一推，两个人飞快地滑了下去，我正在给他们录视频呢，只见滑板在接近沙丘底部的时候突然失去了平衡，乐乐从侧面翻了出去，团团几乎是越过乐乐的头顶，翻倒在了滑板的正前方，两个人一脸迷茫地爬起来，对着我们挥了挥手。

　　等他们走上来了，我问乐乐说："有没有摔疼啊？"

　　乐乐再次展现了他好强的性格，轻描淡写地回答说："我摔了吗？我就是故意在沙子里滚一滚，这沙子好暖和，好舒服啊。"

　　我用手摸了摸沙子，果然好暖和，好舒服。

　　我索性躺了下来，让全身都紧贴在沙上，心头涌起一种莫名的幸福感，像一张致密的蛛网，将我层层缠绕起来。

　　我想起了小时候和家人一起去内蒙古的往事，想起了我和团团曾两入撒哈拉沙漠，在夕阳下骑马，在星空下入睡。从爱上旅行的那一天起，我的行李越来越少，"家"这个概念也越来越淡泊。

　　我问乐乐说："你想家吗？"他毫不犹豫地说："不想。"

也许对他这个年纪的孩子来说父母就是家，那对我来说呢？

这是我有生以来离家最远的一次，然而这里的一切对我来说并不陌生，我看到了古代秘鲁人建造的蓄水池和金字塔，他们为生存所做的努力和对信仰的虔诚，与我们的祖先又有什么分别吗？我们都生活在同一片天空下，都曾面临着自然条件的恶劣以及资源的匮乏，我们有很多东西都是互通的，不需要语言也能互相理解。

从某种意义上来说，"他们"的祖先也是我们人类的祖先，"这里"的风景也是我们地球上的风景，在浩瀚宇宙中我们都是同乡。躺在这温暖的沙丘上，我觉得亲近而踏实。

如果有一天真的离开地球了，一切是否会不同？

现在的我，尚且无法回答这个问题。

我想起了泰戈尔的一首诗：

我旅行的时间很长，
旅途也是很长的。
天刚破晓，我就驱车起行，
穿遍广漠的世界，
在许多星球之上，留下辙痕。

离你最近的地方，路途最远。
最简单的音调，需要最艰苦的练习。

旅客在每一个生人门口敲叩，
才能敲到自己的家门；
人要在外面到处漂流，
最后才能走到最深的内殿。
我的眼睛向空阔处四望，
最后才合上眼说："你原来在这里！"

这句问话和呼唤"呵，在哪儿呢？"
融化在千股的泪泉里，
和你保证的回答"我在这里！"的洪流，
一同泛滥了全世界。

夜车小记

在秘鲁旅行有个极大的方便之处，就是Cruz Del Sur公司的大巴，价格并不贵，不妨再多花几美金买张VIP车票，座椅可以完全放平，舒适程度堪比飞机上的商务舱；提供免费的早餐、饮料和零食；每个座位配小屏幕，可以看电影或者玩游戏；服务员们个个笑脸相迎。根据我们的行程安排，在秘鲁的5个城市之间要坐4段长途车，每段的车程都在7个小时以上，Cruz Del Sur公司的大巴成功化解了这场噩梦，都说钱要花在刀刃上，我想这就是刀刃吧。

今天我们要坐晚上10点多的夜车，从纳斯卡前往阿雷基帕。开车之后服务员提前发送了第二天的早餐，就调暗了车内的光源，这是乐乐第一次在车上过夜，所以特别兴奋，像个话痨一样拉着我们聊天，不肯睡觉。

团团说："既然大家都睡不着，我就教你点儿有用的东西吧，你说教什么好呢？"

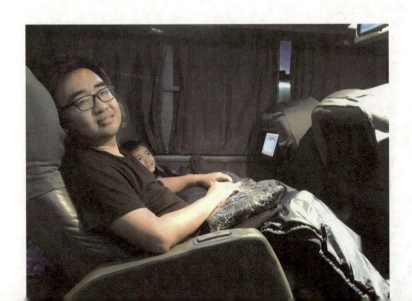

乐乐说："不知道。"

团团问："你最想学什么呢？"

乐乐想了想，说："那就72变吧。"

团团："不会……"

乐乐说："那就筋斗云吧。"

团团："也不会……"

乐乐乘胜追击道："那你会什么就教什么吧，还问我干吗啊？"

团团一脸黑线。

我在旁边听着有趣，于是打开手机记了下来。回想这一路，乐乐真是个开心果，他是个早熟的孩子，有时候也会难得地露出孩子气的一面，比如在伦敦塔桥的售票处前排队的时候，他拽拽我的衣角，说："妈妈，我想在咱们的愿望单上增加一个愿望。我希望高兴的时候时间过得特别慢，无聊的时候时间过得特别快。"

我笑着说："真巧，这也是我的愿望啊。"

有时候他随口一句话，让我们为人父母的缺点展露无遗，有一次在伦敦的民宿里，我累了想早点睡，乐乐可怜巴巴地和我说："妈妈，你睡了以后我想和爸爸玩儿，但是他就顾着自己看手机，不理我，你能先帮我和他沟通好了再睡吗？"

我事后把这句话复述给团团，他无比惭愧。

还有一次是在都柏林，乐乐闹情绪，不肯和我们去参观啤酒厂。

我问他为什么啊？

他振振有词地说："因为我不喝酒啊。"

我说："你爸爸也不喝酒，他就很想去啊。"

他更加振振有词地说："那是因为他倒霉，娶了一个喝酒的老婆，没办法，他得去学一下怎么照顾喝醉的人！"

这次轮到我一脸黑线。

我一直觉得自己很了解他，可他的话往往会出乎我的意料。

比如在阿姆斯特丹看风车的时候，他突然对我说："妈妈，我告诉你个秘密，这个世界上其实有100个我，但是会和你说话的只有这一个，所以其他的你都不知道。"

这句话没头没尾的，冷不丁冒出来，真把我吓了一跳。

不管怎么样，我很高兴在这95天的旅程中有乐乐朝夕相伴，我开始觉得在这段亲子关系中，我得到的比付出的更多。

不要走在我的后面，因为我可能不会引路，不要走在我的前面，因为我可能不会跟随，请走在我的身边，做我的朋友。

早点睡吧，我的小话痨。

在这片古老而神秘的土地上，在这妖娆的夜色中，带着一天的疲倦，进入无所不能的梦乡。醒来后你将到达一个新的目的地，位于高原上的古城阿雷基帕，这里的故事略带几分恐怖色彩，你做好准备了吗?

雪山之巅的少女

[7月7日 秘鲁 阿雷基帕]

　　公元15世纪中叶，在印加帝国统治的区域里有一座海拔6310米的雪山Nevado Ampato，是当地的心目中的神灵所在。这是一个风雪交加的早上，贵族少女胡安妮塔在同行人的帮助下穿戴整齐，又开始了新一天的攀爬。

　　胡安妮塔今年12岁，是印加帝国里出名的美女，从小受到家人的精心呵护，集万千宠爱于一身。然而如今她不得不离开温暖的家乡，几经辗转来到这荒无人烟的雪山，同样的攀爬已经持续了一周有余，越接近山顶，天气越寒冷，空气也越稀薄，胡安妮塔的意识开始变得模糊起来。

从离家的那一天开始，无论是大大小小的祭祀活动还是这一场漫长的攀爬，胡安妮塔一直是众人眼中的焦点，神圣而尊贵的"公主"。

然而她真的为此而感到骄傲吗？

12岁的年纪或许还不足以让她看透人生，却足以让她明白自己此刻的使命：她即将作为人间最珍贵的极品，被献祭给雪山之神，希望能平息他的怒火，不再给这片大地带来灾难。

没有人知道等待她的是什么，她只有带着对来世的憧憬，走完这最后一段旅途。

这一天终于还是来到了，在6000多米的雪山之巅，胡安妮塔穿上了印加帝国最精美的织锦华服，扣上了精致的别针。同行的人为她梳理了每一根乌黑的长发丝，编成辫子轻轻拢在背后，用黑色驼毛细线系在她的后腰带上，红白相间的羊驼毛披肩映衬她年轻的脸庞。她顺从地接过一杯叫作奇卡（chicca）的玉米酒，一饮而下，随即紧张地攥紧了衣角。

随着右侧眉骨上的一记重击，她的生命定格在了如花似锦的12岁。

她从此安详地长眠在山神的怀抱里，陪伴她的只有一些精致小雕像，古柯叶和一些谷物。

直到500多年后的某一天，附近的另一座雪山Sabancaya大规模喷发，释放出的热量融化了Nevado Ampato山顶的部分积雪，使登顶再次变为可能。当地登山家Miguel Zarate在接近山顶的地方发现了一些木质祭品的残片，并成功说服了考古专家一同前往挖掘，终于让胡安妮塔重新出现在了世人们的眼前。

她似婴儿般蜷缩着身体，由于始终处于冰冻的状态，她的肌肤、身体组织和衣物几乎完好无损，这对科学研究者们来说无疑是一个宝贵的资料库。1995年，胡安妮塔被美国《时代杂志》选为最重要的十大科学发现之一；1998年，在Nevado Ampato雪山附近的城市阿雷基帕建成了一座专题博物馆，胡安妮塔的遗体从此被安放在这里。

这个神秘而悲情的少女，正是我们来到这座城市的原因。

上午10点多长途车抵达阿雷基帕车站，我们去酒店存了行李，吃了午饭，然后直奔位于市中心武器广场附近的Santuarios Andinos博物馆，这里不允许自由参观，游客们被分成小组，由专业的讲解员带领进入馆内。

首先我们看了一部有关胡安妮塔和其他几具木乃伊被发现过程的纪录片，随后讲解员带我们进入了第一个展厅，这里陈列着在Nevado Ampato以及附近雪山发现的祭祀用品，包括衣物、鞋子、腰带、发饰，以及装柯卡叶的小袋子等等，讲解员心酸地介绍说，科学家们往往只能通过鞋子的尺寸来确定被献祭给山神的儿童们的年龄，总共有几十个之多，最小的只有四五岁。

接下来的展厅里主要陈列着属于胡安妮塔的物品，最抢眼的是她红白相间的披风，美国的纺织品专家威廉·康克林称其为世界上最精美的印加织物，讲解员说，在印加文化中红色代表权力，白色代表纯洁，红白相间的衣物只有身份极其尊贵的人才有资格穿戴，所以专家们推测说，胡安妮塔的身份不只是贵族，她极有可能出身于王族。

在最里面一间展厅的玻璃冰柜里，我们看到了少女的真容，最让人揪心的是她的右手，紧紧地攥着自己的衣角，这是紧张、痛苦还是决心呢？

我一直在想，这个场景对乐乐来说是不是太沉重了，他看过之后会不会害怕，甚至做噩梦呢？事实证明我低估了小朋友的心理素质，和他讲清楚这段历史之后他表现得很从容，同时也没什么兴趣，生与死的话题距离他太过遥远，他的注意力很快被更有趣的元素吸引了，比如Santa Catalina修道院和武器广场上的鸽子，倒是我，当晚就梦见了胡安妮塔。

在梦中她对我说，她和她的姐妹们其实是印加帝国中一个特殊而隐秘的群体：入梦师。统治者们利用她们的能力达成了很多愿望，同时也开始对她心存忌惮，于是将她们献祭给了山神。然而这个年轻的女孩不甘心被命运摆布，把自己最后一丝灵力封印在了装奇卡酒的小瓶里，我无意中买到了这个瓶子，打开了瓶盖，于是她便出现在了我的眼前。

醒来之后我第一件事就去找那个瓶子，可哪儿有什么瓶子啊，一定是我对这少女心存同情，于是在梦里给她安排了一个更好的结局。

　　然而相隔500年，身处在两种截然不同的文化中，我又如何能揣测，什么才是对她最好的呢？

　　说来也邪门，在秘鲁的这些天，不论我走到哪个城市，晚上总会做这个梦，离开了秘鲁，梦境也就随之消失了。

的的喀喀湖上的乌托邦

[7月10日 秘鲁 的的喀喀湖]

德国著名哲学家尼采说过，人的精神有三种境界：骆驼、狮子和婴儿。

第一境界是骆驼，忍辱负重，被动地听命于别人或命运的安排；

第二境界是狮子，把被动变成主动，由"你应该"到"我要"，一切由我主动争取，主动负起人生责任；

第三境界是婴儿，这是一种"我是"的状态，活在当下，享受现在的一切。

我们今天在的的喀喀湖上见到的这一群人，应该就属于这第三种境界，这是非常充实的一天，让我们从头说起。

　　7月8日晚间我们坐长途车来到了秘鲁和玻利维亚交界处的高原城市——普诺，这里本身没什么景点，却挤满了游客，似是为附近的的的喀喀湖而来，街上随处可见少数民族装扮的妇女，不管什么年纪都扎着两条小辫，穿着五颜六色的蓬松长裙，活力十足。

　　团团出现了高原反应，为了安全起见，我们放弃了在岛上过夜的计划，改为参加了的的喀喀湖的一日游，市面上的价格每人不到30美金，《孤独星球》对这种廉价的、压榨岛民的商业化行程极不推崇，然而受时间和身体的限制也没有更好的选择，于是忍痛报了一个最贵的，每人69美金，行前我和团团都没有太高的预期。

　　7月9日一大早我们上了快艇，20几个座位全部坐满，除了我们3个之外都是西方游客，导游开始用西班牙语和英语介绍的的喀喀湖的历史和现状，导游词的含金量很高，湖面上的景色也让人眼前一亮，我心里又开始兴奋起来。

　　的的喀喀湖是南美印第安人文化的发源地之一，印加王从这里出发，前往库斯科，开始建立起庞大的印加帝国，印第安人称这里为"圣湖"。湖里原先的生态很好，有12种鱼类，由于过度捕捞，有7种已经绝迹了，渔民们的生活依然难以为继，所以越来越多的岛选择对游客开放了参观。

有人问道："这个湖不是秘鲁和玻利维亚共享的吗，那国界线又在哪里呢？"

　　导游笑着说："没有，没有国界线，湖面上没有任何的标志物，所以我们秘鲁这边的人都说，的的喀喀湖有60%的面积是属于秘鲁的，而对岸玻利维亚的人都说，60%的面积是属于他们玻利维亚的。"

　　一个多小时之后我们抵达了的的喀喀湖上的第五大天然岛Taquile，我们舍弃了游客较多的中心区域，把时间都留给了一个只有100多人口的、宁静的小村庄。

　　上岸后我受到了极大的视觉冲击，世间怎会有如此美妙的地方，天空已经不能用碧蓝、湛蓝这样的词汇来形容，我姑且称其为"宝石蓝"，而湖面的颜色也是同样的饱和度，浅滩上的湖水清澈见底，岛上绿树成荫，完全不像有3900多米的海拔，我深吸了一口气，清凉而甘甜。

　　码头边坐着一男一女两个少年，男的在织帽子，女的在纺线。导游介绍说这个男孩是小学5年级的学生，今天学校放假，他是专程来迎接我们的。岛上的男孩通常从7岁开始学习编织和缝纫，而女孩从5岁开始学习纺线，对他们来说这不只是一门谋生的技能，更是一个展现才华，吸引异性注意的机会。

　　正说着，山坡上又走下来一家人，一个妈妈带着两个孩子，大的三四岁，小的还不会走路，瞪着一双大眼睛坐在乐乐身边。他们的妈妈披着一块黑色的头巾，身材丰满，面色红润，看起来和我差不多年纪，当导游说她只有20岁的时候，我着实吃了一惊。

　　导游说这里的女人平均十五六岁就结婚了，岛上有5所幼儿园，两所小学和一所中学，中学的低年级有20多个学生，而高年级只有5个学生，其他人都陆续结婚生子去了。虽然受教育的程度不高，岛上居民都过得很快乐，偶尔有年轻人去普诺发展，也很快就回来了。他们说，在这里住过的人，再难适应外面的生活。

到底这座小岛有什么特殊的魅力呢?

导游说,也许你们不相信,这里的海拔将近4000米,也没有一家像样的医院,但岛民的平均寿命达到了75到80岁,这长寿的秘诀,就是活在当下,笑口常开。

你可以把这座小岛想象成一个与世隔绝的乌托邦:没有等级制度,没有贫富差距,每个人都需要勤劳地工作,婚嫁不讲门当户对,只凭自由恋爱。岛上的人一般不和外人通婚,外人如果想到岛上生活,首先要学会当地的语言——Quechua,以及纺织、缝纫、农耕等几项传统的生活技能,还要熟悉这里别具一格的风俗习惯,并不是一件容易的事情。

这段描述引起了我强烈的兴趣,我们沿着小路往山坡上走,沿途看到家家户户都在劳作,有放牧的,有耕田的,还有翻修房子的,果然是一派其乐融融的景象。快到半山腰的时候,一个中年男子迎面走来与我们会合,导游介绍说:"这位就是刚刚上任的村长先生,负责替村民们储存建设基金的。"

有人问:"什么是建设基金?"

导游笑着说:"就是大家给的参观费啊,村长会把这些钱都存起来,然后投票决定要修建什么新的设施，比如去年就建成了自来水系统，村民们不用从湖里挑水回家了，这都要感谢你们这些游客呢。"

村长先生笑容满面地从导游手中接过了今天的"建设基金"，装进了自己的公文包里。

导游指着村长先生的腰带说，这是他最引以为自豪的东西了！在岛上，每个新婚妻子都会剪下自己的一头长发送给丈夫，她们的丈夫把长发编成腰带系在腰上，以示忠诚。然而头发做的腰带颜色太单调了，不好看啊，于是妻子们把彩色的毛线织在腰带的外侧，渐渐地这就成了丈夫们炫耀的资本：谁的腰带最漂亮，就证明谁娶了个能干的好妻子。

说到这里，村长先生又从腰间掏出了一个精美的小布袋，在导游的翻译下告诉我们，可以炫耀妻子手艺的除了腰带，还有这个装柯卡叶的袋子，柯卡叶对当地人的重要性不亚于粮食和水，每人都会随身携带，想起来就嚼上几片，可以抵御饥饿、寒冷和疲劳。在别的地方大家见面寒暄的方式不外乎握手和拥抱，而在这里，大家见面就会互相交换几片柯卡叶，然后一边嚼，一边聊天。

柯卡叶如此重要，装柯卡叶的袋子当然也就马虎不得了。

岛上的妻子们只需要做好两件事：腰带和装柯卡叶的袋子，其他的都是丈夫们的工作，比如衣帽鞋袜，包括她们穿的五颜六色的、蓬松的大裙子。

给自己的妻子做裙子，这样的丈夫怎么听都是暖男啊！

告别村长之后我们继续往前走，这次来和我们会合的是一个背着柴火，手里拿着纺锤的年轻姑娘，导游接着刚才的话题说，这里的姑娘到了适当的年龄就开始频繁地参加社交集会，为自己物色丈夫，她们的择偶标准很朴实，心灵手巧比外表英俊更重要。

如何能选到心灵手巧的丈夫呢？参考标准之一就是他们给自己织的

帽子。

我不禁想起了那个在码头边织帽子的少年，难怪他要从小开始练习呢！

姑娘腼腆地坐在路边纺着线，导游指着她的头巾说，在这里每个姑娘都会披一块头巾，一方面是为了遮阳，一方面也是为了回避男孩子们的骚扰。男孩子们遇到喜欢的姑娘会用小镜子晃她的脸，如果姑娘对他没有意思，就会用头巾把脸盖起来，有时候被惹急了还会对他扔石头。如果两个人都看上了对方，一般会先同居一段时间，合适的话就结婚，不合适还可以重新选择。当然，不合适的情况是很少见的。

就这样我们走走停停，不到一公里的路程中不断有村民来和我们会合，等走到山顶的小广场的时候，我们已经对此地的文化有着相当的了解了。且不说这其中有多少商业化的成分，仅仅是这种别出心裁的行程安排，已经成功地戳中了我的兴奋点。

在广场上稍作休息之后我们从山的另一面下坡，已是正午时分，天

空和湖面的色彩依然浓郁，经团友提醒我才意识到，这里就是《孤独星球——秘鲁》的封面，在家里看的时候默认为这是修片儿之后的效果，身临其境才知道，一切修片儿都是多余的，用手机拍出来，依然是蓝得让人难以置信。

团团问我，这是个淡水湖还是咸水湖啊，我说我也不知道，我俩正有理有据地分析呢，乐乐在一边不耐烦地说："你们下去尝一口不就知道了吗？"

小路的尽头是一片空无一人的沙滩，纵是穿羽绒服的温度，我和乐乐也要脱了鞋袜到水里走上一圈，暴晒之下湖水并不是很凉，用手指蘸着舔了一口，淡的。乐乐说要是带了泳裤就好了，在这里游泳一定很爽，什么高原反应，早就忘到九霄云外去了。

如果说在Taquile岛的经历已经让人不虚此行，那接下来的午餐就是意外的惊喜了。我们坐船来到另一座岛上的一户农家，围坐在一个冒着烟的大土堆旁，一个大叔兴致勃勃地说，他从早上就开始为我们准备午餐了，先用两个小时把石头烧热，再把鸡肉、鱼肉、土豆、红薯、豆角和香蕉等食物放在石头上，埋起来，马上就可以挖出来吃了！

  在他的带领下，我们感谢大地之母赐予生命，请求她允许我们劳作、吃饭，然后一起挖出了美食，分装在盘子里，大快朵颐。导游说当地人每逢节庆日子才会吃这道大餐，一年只有两三次，孩子们总是眼巴巴地盼着。

  且不说味道如何，仅仅是这气氛，也让人毕生难忘了！

  午饭之后我们的快艇驶向普诺的方向，是要回去了吗？不不，还漏了的的喀喀湖上最著名的一道风景：漂浮岛。

  500多年前，弱小的乌鲁人部落为了逃避印加帝国的迫害而逃到了的的喀喀湖湖的芦苇丛中躲避，靠吃芦苇嫩芽生存了下来。他们发现芦苇具有很强的漂浮性能，为了使部族人口更加安全，乌鲁人就用芦苇根编织大面积的岛屿作为栖息地，还用芦苇造船，造房子，做各种生活用品，就这样一代一代繁衍下来。今天，仍有数百人居住在70多座大小浮岛上，过着与世无争的生活。

  船停靠在其中一个漂浮岛的旁边，我一脚跳上了那个芦苇编成的世界，很稳，没有想象中那种摇摇晃晃的感觉，一个20多岁的女人自称是

岛主，她用一个模型向我们展示了造岛的过程，用来做材料的是一种叫"totora reed"的芦苇，高达两米，叶子细长，非常适合编织。

那岛会不会漂走呢？

不会。漂浮岛就像是一条大船，也有一个"锚"，稳稳地固定在湖底。

然而建造漂浮岛并不是一劳永逸的，由于湖水的浸泡，每个漂浮岛其实都在缓慢地下沉，所以每年都要用新的芦苇将它们垫高。

正说着，一个四五岁的小姑娘跑了过来，亲昵地靠在岛主身边。

岛主介绍说，这是她的女儿，正在上一所教授西班牙语的幼儿园。有个游客用西班牙语问她："你长大后想留在岛上生活吗？"小姑娘羞怯地笑了笑，没有回答。

导游略带伤感地说，漂浮岛上的生活方式已经持续了500年，然而他们的生活质量始终和天然岛上的相差甚远，平均寿命也不高，如今岛主这一代人，恐怕也是最后一代了。

我承认一种文化的消亡的确可惜，然而时代滚滚向前，谁也无法阻

止，落后的事物被先进的事物所取代，这也是我们人类进步的历程。我们可以在广袤的的的喀喀湖上设立露天博物馆，把乌鲁人独特的造岛技艺代代传承下来，如此，也不失为一个好的结局。

行程至此，今天的重头戏终于要来了，我们的快艇离开漂浮岛后并没有按原定计划驶回普诺，导游在中途接到一个电话，说附近一户人家正在举行婚礼，问我们要不要去凑热闹，游客们本就意犹未尽，当然举双手赞成，于是我们调转船头，驶向了婚礼现场。

这一天的所见所闻，都在说当地人是如何活在当下、及时行乐，然而我并没有切身的体会，直到我们跳上了这座正在举行婚礼的漂浮岛。这是怎样一场狂欢？女人们都穿着她们引以为傲的大裙子，聚在一起大声谈笑着；男人们拿着酒瓶，时而随着音乐舞上一曲；最开心的是孩子们，在被太阳晒得发烫的芦苇垛上追逐、翻滚着，每个人都认识彼此，就像是一家人。

在临时搭建的舞台上有摇滚乐队正在演出，音乐声和人声掺杂在一起，早已听不出什么旋律。新娘和新郎站在芦苇编成的喜棚里，不停地有人走过去敬酒，我们几个游客也纷纷递上了红包，以示祝福。

　　我目测了一下，在这个面积不大的漂浮岛上足足挤了两百多人，走路得一直注意着脚下，一会儿踩到了空酒瓶，一会儿又踢到了突然"滚"过来的孩子，然而大家都不在意，我们也跟着随性起来。欢乐从四面八方涌来，这是此刻唯一的主题。

　　是的，这是一群"第三种境界"的人，这是一种"我是"的状态。

　　活在当下，享受现在的一切。

　　他们的祖先饱经磨难，在这美丽的的的喀喀湖上创造了奇迹；也许在不久的将来，他们将再次面临新的选择。

　　然而天地之大，又何愁没有容身之处呢？

　　此刻我们聚在这小小的漂浮岛上纵情歌舞，明天我们走向新的生活。

　　每一段被赋予了鲜活生命的时光，都是无憾的。

一场孤独的攀爬

山顶还有多远，我找不到任何的标示物。

我看着手机指南针上的海拔从2300米升到2500米、2700米……山谷间那只"雄鹰"越来越远，汗水模糊了我的视线，我义无反顾地向上攀爬，身边没有团团和乐乐。

这是一场属于我自己的挑战赛，在印加帝国的圣地——马丘比丘。

清晨6点我们从温泉镇的旅店出发，6点5分到达前往马丘比丘的大巴车站开始排队，6点56分登上了大巴车，7点18分到达了景区大门，之后一路上行，于7点40分到达了位于守护者小屋下方的平台，这是第一个可以俯视马丘比丘全景的地方，同时也是我们的分岔路口。

　　我决定一个人去爬海拔3000多米的马丘比丘山，书上说往返大概需要4个小时，团团和乐乐就坐在原地等我，我把唯一的Wi-Fi设备留给了他们，说好不见不散。

　　清晨的光线洒在巍巍青山之上，一缕一缕，活泼跳动，马丘比丘如一只展翅的雄鹰，盘踞在山谷之间，那景色明艳妖娆，不似人间。

　　只有真正运动起来，才能感受到高海拔的杀伤力，从登山入口到山顶的垂直落差只有数百米，但每个人都是汗流浃背，大口喘着粗气，走走停停，开始还兴奋地拍几张照片，渐渐地连说话的力气都没有了。

　　其实我有一千一万个理由放弃，首先马丘比丘山并不是我的首选，我最想爬的是海拔2700米的瓦纳比丘，路程较短，半山腰有著名的月亮神庙，和马丘比丘中的太阳神庙相互呼应。然而在库斯科买票的时候发现瓦纳比丘的票早在半个月前就卖完了，连马丘比丘山的票也只剩下早上7点到8点这个时段的，这表示我们5点多就得起床出门，这对连日来体力已经透支的我们来说实在是个艰巨的任务。

　　然而卖票的工作人员并没有给我犹豫的时间，买还是不买？我把心一横，先买了再说吧！

　　我买了3个人的票，然而团团的高反一直不见好转，乐乐的心率也比平时要高，考虑到他的年纪，我们都认为应该慎重一些，尽量避免剧烈的运动。

　　就剩下我一个人了，爬上去还有意思吗？

　　我说，要你们等4个小时太辛苦了，要不算了吧。

　　团团说："没关系，咱们难得来了，总有一个人要爬到山顶，看一看马丘比丘的全貌，我们还等着看你拍的照片呢。"

　　就这样，我们到了守护者小屋下方的平台，我发现在这里也可以看到马丘比丘的全貌，而且角度绝佳，还有必要再往上爬吗？

　　我对团团说："我替你们上去看看，不一定爬到山顶，也许一个小时就回来了，也许两个小时，最多不超过3个小时。"

　　其实从买票开始，我心里一直装满了各种退路，不能让他们等太久，不能在参观马丘比丘之前就把体力消耗殆尽，不能误了回库斯科的火车……我从来没想过自己真的会爬到山顶，直到我离开他们独自上路，在久违的孤独中我突然找到了和自己的默契：我不会中途折返，即使我答应团团3个小时回来，也一定会看到山顶的风光。

　　回想这次旅行，从目的地的选择到行程的安排我一直在参考团团和乐乐的意见，把他们的利益放在自己之前。其实何止于此，长大之后我一直很在意别人的感受，为人温和、圆滑、嘻嘻哈哈、大而化之，我几乎忘了自己也有执着、犀利和争强好胜的一面，我的外表虽然改变了，但内心依然是那个无往不利的少年。

高中时代我是班里的体育委员，喜欢耐力型的运动，跑800米只要3分钟，比满分线还提前了20秒；有段时间我迷上了地理，于是很努力地学，立志要考100分，结果期末考试的时候因为记错了一个洋流的名字，只考了99分，排全班第二名，我难过得一整夜没睡，硬是把一整本地理书都背下来了，第二天红着眼睛去上学时的心情，我现在还记忆犹新。

大学时代我曾先后3次独自去上海旅行，每次都是因为遭遇变故或是不顺心的事情。旅途中我很少和别人交谈，那是一种自己和自己抗衡的感

觉，渐渐地我觉得忧愁也不是一件不能接受的事情，它总会到来，也迟早会离开，我只需在适当的时候对它说声你好，或是再见，就像对待一名过客。

孤独也是一样，没什么值得畏惧。

和团团结婚之后我不再是一个人，也不再需要和自己抗衡，我收起了锋利的宝剑，但我知道它一直都在，在一个安全的地方等着我，守护着我。

这也是乐乐所需要的，一个强大的妈妈。

不是在生活上嘘寒问暖，而是能回答他每一个问题。

一个能爬到山顶的妈妈。

我将呼吸调整均匀,稳步上行,超过了一波又一波的游客。手机指南针上的海拔升到了2900米,山路开始变得狭窄陡峭,有些地方只容两个人擦身而过,没有栏杆,我需要克服的已不只是身体上的疲惫,还有轻微的恐高症。幸好下山的游客们都会把内侧的位置让给我,同时鼓励我说:"马上就到了!"

经过一连串急速上升的台阶,我的前方出现了一道石门,穿过去,只觉得视线豁然开朗,层层叠叠的青山扑面而来。我深吸了一口气,最难的阶段已经过去了,所有的忐忑都一扫而空,我几乎是一路小跑着到达了山顶,在这里有一块标示牌,上面写着马丘比丘山,海拔3061.28米。

有人说,目的地其实就是路上风景的总和。

不不,不止那些,只有登上了制高点才能360度地俯瞰全局,我看到了马丘比丘是如何被河流环绕,我的视线越过了瓦纳比丘,这座原本想爬的山峰在此刻看来是如此矮小。

唐代诗人王维有一句描写终南山的诗:"分野中峰变,阴晴众壑殊。"

　　此刻读起来，心中不禁涌起一种莫名的豪迈。

　　我不求苍天俯就，一切了然于心。

　　下山的时候我看了一下手机，9点54分，刚好可以在约定的3个小时之内赶回到团团和乐乐的身边。我的心情轻松了很多，脑海中回响着《 老鹰之歌（El Cóndor Pasa）》的旋律，在库斯科的餐厅里有人用陶笛吹奏过这首歌，我在网上找到了歌词：

　　"噢！雄壮的安第斯山雄鹰，

　　带我回家吧，

　　就在那安第斯山；

　　哦！雄鹰，

　　我要回到我心爱的土地和生活，

　　回到我最想念的印加兄弟身边；

　　哦！雄鹰，

　　就在库斯科，

　　就在那广场，

　　等着我，

一起徜徉，

就在那高高的马丘比丘和瓦纳比丘！"

从高空俯瞰马丘比丘，形状正像是一只展翅飞翔的雄鹰，我的家人正在那里等我，我再次收起了宝剑，迫不及待地奔向现在的生活。

不易到达的地方

马丘比丘是一个不易到达的地方。

如果从北京专程来此，即使不计成本，也要坐30多个小时的飞机，其中包括两次转机，然后再坐4个小时的火车和20分钟的大巴。

想必当年的印加人也是如此，在他们用以记录历史的神话故事里，太阳神把他的儿子曼科·卡帕克和女儿玛玛·奥克略派到印第安世界，他们首先降临在的的喀喀湖的一个小岛上，在一根金杖的帮助下，长途跋涉来到库斯科谷地，并在这里定居下来养育自己的家人，传播文明的喜悦。

马丘比丘位于库斯科西北50英里外的安第斯山脉中，是印加王帕查库特克时期祭祀神灵的场所，或是一座度假的别宫，正是因为它不易到达，在印加帝国没落之后的数百年中，西班牙殖民者只是听闻有一座"失落的古城"，却始终没有发现它的存在。

1911年，耶鲁大学讲师宾厄姆率考古队南下秘鲁，在旅店里他听人提起，在马丘比丘山脚下有片废墟。第二天清晨，风雨交加，同行的科学家都不愿出行，宾厄姆只好请店主人和一位当地青年陪同，开始攀山搜寻。

沿途地形极为陡峭，山间小道笼罩在云雾之中，荆棘丛生，岩石湿滑。宾厄姆在笔记中写道："在我所知晓的世界，没有任何地方能和这儿的景色相比。云雾缭绕的大雪峰，金光闪闪、奔腾咆哮的急流，婀娜多姿的巨大花岗岩峭壁……这儿还有着许多种兰花和蕨类植物，有种难以言表的神秘魅力。"

越攀越高，宾厄姆越来越兴奋，他看见了四周由石块构筑的梯地。他相信，这些在陡坡上用石头砌成的一块块小小的平地，就是印加人修建的梯田。

"突然间，我发现面前是印加最好的石建房屋的残垣。"他后来回忆，"由于数百年来生长的树木和青苔的遮挡，很难看见它们。石料都经过精心雕琢，巧妙地砌在一起。"

"简直是难以置信的梦境。"

毋庸置疑，宾厄姆发现的这座印加遗址就是马丘比丘，虽然这座古城的用途在科学界尚未有定论，其建筑位置、规模、难度，无疑是当时的生产力水平无法承载的负担。到底印加人是如何找到这块宝地，并且不计成本，完成了这项壮举？

1983年马丘比丘被联合国教科文组织定为世界文化与自然的双重遗产；2007年马丘比丘被评为世界"新七大奇迹"之一，同时入选的还有中国的长城，印度的泰姬陵，意大利的古罗马斗兽场；这里是全世界人民趋之若鹜的旅游胜地，网络上的报道铺天盖地，说它是秘鲁的"颜值担当"。

马丘比丘到底有多美？

三毛在《万水千山走遍》中写道："书本上、画片上看了几百回的石墙断垣，一旦亲身面对着它，还是有些说不出的激动。"

从山顶俯瞰马丘比丘，古老的建筑镶嵌在崇山峻岭之间，与相邻的瓦

纳比丘一起，形成了一个印第安人仰望天空的脸庞的形状，在建筑物的下方是落差600米的悬崖，直插到奔腾的乌鲁班巴河中，增加或减少任何一分色泽，都会让它的美丽大打折扣，这是一座遗世独立的天空之城，你的身体可以到达，精神却望而生畏。

我们以守护者的小屋作为起点，沿着一大片梯田走向废墟的深处，时间已是正午，烈日当头，马丘比丘有200多座建筑、10多处泉眼和40多层梯田，都走完并不是一件轻松的事情。所幸的是，这些景点都环绕在中心广场的四周，而且有一条规划有序的游览线路，游客们可以根据自己的兴趣，选择参观的重点。

首先看到的是太阳庙，这里有一个保存完好的祭坛和梯形的窗子，然后是皇家墓室，仪式用的浴池，高阶祭祀的居所、可以眺望到雪山的"三窗之屋"。进入居住区之后可以看到一排专属于贵族们的房屋，建在缓坡之上，以墙壁的颜色和房间的形状来区分居住者的身份，接下来是生产区，这里的地势较低，是下层工作者们的活动空间。

在途中我们遇到了不少旅行团，也听到了一些很有意思的讲解：

"这三个柱子是挂尖底陶罐用的，里面分别装着水、本地酿的酒和羊驼血。'3'这个数字在印加文化中是很重要的，它代表三阶宇宙观：未来（World Above）、现在（This World）和过去（World Below）；代表三种动物：秃鹫、美洲豹和蛇；代表三个地名：马丘比丘是秃鹫、库斯科是美洲豹、乌鲁班巴河是蛇；还代表生活的三个重要组成部分：爱、智慧、和工作。"

"当地有一种月亮花，花的汁液可以用来做麻药。传说在500多年前的印加帝国，每当遇到自然灾害的时候，人们会将选择一些血统高贵的处女，让她们喝下这种汁液，然后将全身麻醉、不省人事的女孩摆成如初生婴儿般的姿势，献祭给太阳神。"

值得一提的是古城的墙壁，见不到任何灰浆的痕迹，完全靠巨石的切

割、堆砌来完成，石块间几乎没有缝隙，如此的工艺水平在当时来说可谓奇迹。更费解的是那些巨石，印加人是从哪里，用什么方法搬来的？在崎岖而险峻的山脊上，搬运这些巨石几乎没有可能！

科学家们就此提出了一种假设，印加人是就地取材的，他们在山顶开辟出了一片9万平方米的平地，垒筑古城，然后把剩余的石块、碎砾全部扔下了山崖。

当然，这与马丘比丘的用途一样，都只是假设。

一切都是未解之谜。

完成一整圈的游览之后我们又回到守护者的小屋，找了个安静的地方坐下，眼前是青山翠谷，仙雾缭绕，团团长吁了一口气说："这真是神仙居所。"

是的，景色本身已让人心猿意马，更何况其背后所承载的故事。

公元1438年，在强势君主帕查库特克的带领下印加帝国开始大规模的扩张，仅用了不到100年的时间，它的版图几乎涵盖了整个南美洲西部，北起哥伦比亚南部的安卡斯马约河、南到智利中部，总面积达90多万平方公里，人口超过1000万。西班牙历史学家记录了印加军队征战的场景：

先上阵的是手拿投石器和鸡蛋大小石块的战士，然后是手持一种长矛的战士，紧随其后的人手拿小矛。战士们根据各自的部族背景和在军队中的职位身着特殊的防护服与饰物。有时战士们涂染面部来吓唬敌人，他们经常以尖叫、唱歌来展示力量，声音如此之大，以至于鸟儿落地而亡。

他们没有自己的文字，靠结绳记事。

他们雄霸一方，却在数百名西班牙入侵者面前溃不成军。

强大的帝国几乎在一夕之间土崩瓦解，有多少真相被埋藏，这段历史仅依靠西班牙人的记录和一代代印加人的口口相传，还有这座马丘比丘古城，盘踞在群山之间，默默宣示着曾经的辉煌。

智利著名诗人聂鲁达曾在他的长诗《马丘比丘之巅》中写道：

"石块垒着石块；人啊，你在哪里？

空气接着空气；人啊，你在哪里？

时间连着时间；人啊，你在哪里？"

人啊，你在哪里？

此刻心中感慨，只能对天地诉说。

雨林初体验

早上5点45分天刚蒙蒙亮，我和乐乐已收拾好背包整齐地坐在旅馆门前，等着来接我们的车子。这是在秘鲁的第三周，之前两周的游览都是以人文为主，自然为辅，听了太多印加帝国的故事，脑子一直在高速地运转。然而从今天起我们将进入一个全新的世界，这里没有网络、没有电、没有电话信号，只有茂密的丛林和神出鬼没的野生动物，这里不用思考，只要静下心来就可以听到地球的心跳声。

是的，我们的目的地正是我向往已久的——亚马逊雨林。

在接下来一连串的语无伦次的流水账之前，我先简单介绍一下我们的团队：导游Javier、旅行社老板Ulla、厨师Mark、两个司机大哥、我们一家三口和一个法国姑娘，我们一行9人将从库斯克出发，翻越安第斯山脉，穿过云雾森林，沿Madre de Dios河进入亚马逊雨林的腹地：马努自然保护区，整个行程为期5天。

早上6点40分我们到达了旅途中的第一站：面包镇。

其实面包镇并不叫面包镇，然而这里几乎每家店铺都有新鲜的面包出售，Javier介绍说这里的面包不但好吃，而且可以在潮湿的环境中保存一周以上，是我们最重要的补给品。我掰了一块放在嘴里，很甜。

补充了一麻袋的面包之后我们开始吃早餐，Ulla和我们4个团友坐在一桌，Javier和其他工作人员坐在另一桌。食物端上来我几乎要哭了，我们这桌是纯西餐：面包、黄油、火腿片、咖啡和茶；Javier那桌是每人一碗羊杂汤泡馍，中间摆了一锅红烧猪肘子，香味一阵阵飘过来，把我们馋

得口水直流……

乐乐问我："咱们怎么没有猪肘子？"

我说："这是怕咱们外国游客吃不惯本地菜，所以特意准备了西餐呢。"

他拉拉我的衣角说："你去和他们解释一下啊。"

我无奈地看着面包车上的特大号保温箱，看来我们这几天的食材早就准备好了，现在解释，怕是也来不及了……

早上8点30分我们到达了旅途中的第二站：一个有着2500年历史的墓葬区遗址，位于海拔3700多米的安第斯山脉上，当地人把这里称作"火之地"，因为夜晚间常见鬼火。Javier给我们介绍了古代印第安人的奴隶殉葬制度，说实话我的心早就飞到亚马逊雨林去了，对这些实在提不起什么兴趣；倒是团团的精神状态格外的好，一个人在前面健步如飞。

我提醒他说："你的高反呢？"

他摸了摸心口，笑着说："也不知怎么的，突然就好了！"

早上9点50分，好事多磨。

　　我们的车被狂欢的群众所阻断，人们穿着五颜六色的服装，带着各式各样的面具，吹着萧，打着鼓，成群结队地在大街小巷里穿行……这是一个叫作Paucartambo的小城，Javier说我们赶上了一年一度的宗教节日，与其在车上等，还不如下去看看。

　　要不是我先入为主地认定了亚马逊雨林，这真是一场了不起的文化盛宴！如今在大城市里过春节都没有这种气氛了，很多家店铺的门前都摆着"烤全猪"，墙上挂着面具和饰品，城中心的广场上支起了一座高台，几个男人正在往台上搬运着什么，Javier说那些都是礼物，中午12点的时候会往人群中抛洒，那场面请自行脑补。

　　团团说："要不要吃一顿烤全猪再走啊？"

　　我犹豫了3秒钟，然后果断地摇了摇头。

　　我的目标是亚马逊雨林，怎么能让一顿烤全猪给耽误了呢！

　　中午12点，我们终于到了马努国家公园的入口，从这里开始我们将沿着安第斯山脉的东坡一路下行，进入云雾森林，最低处海拔只有不到1000米。出发前Javier给我们分发了水果和零食，并开

玩笑说："We have no lunch today!（我们今天没有午饭了）"乐乐当时脸色就变了，赶忙抓了两根香蕉在手里。

我也饿坏了，但更多的是兴奋，我们的车行驶在云雾之间，能见度很低，道路的一侧就是深不见底的悬崖。随着海拔的下降，我明显感到气温在上升，空气里开始弥漫着雨水、泥土和植物的气味，这就是亚马逊雨林的气味吗？在课本上读过多少次，曾认为是可望而不可即的地方，如今竟身在其中了。

下午一点三十分，我们在云雾森林的腹地下车，开始了第一次丛林漫步。

乐乐说："我好久没走水泥路了。"

我还在纳闷，这荒山野岭的哪来的水泥路啊？低头一看脚下，可不是吗，水和泥混合的路。

作为热身运动，Javier给我们介绍了几种常见的植物，比如橡胶树、雨伞树、"火龙果的亲戚"，还有一种凤梨科的植物，叶子可用来蓄水、根可以吃，是鸟类和小型动物们的"生命之源"。

接着Javier给我们展示了他的第一项绝技：听声辨鸟。

在这片广袤的丛林中，有风吹过树叶的摩擎声、山泉的水流声、动

物们的嘶鸣声，对我来说这些声音就像交响乐一样混杂在一起，然而对Javier来说，每个声音都传达着大量的信息，有时候他会突然停下脚步，指着远处的树梢说："那里有只林鸱！"或者"那里有只cock of the rock，是我们秘鲁的国鸟！"随后他支起望远镜的三脚架，把焦点对准所指的方向，招呼大家来看。果然就如他所说，没有一次失误。

如果附近刚好没什么好看的呢？别急，Javier还有第二项绝技：鸟语。

只要捏着嗓子叫上几声，那些同类的鸟儿们就会被吸引而来，至于这叫声到底有几分相似，在场的除了Javier没有一个是懂行的人，大家不过是听个热闹，然后钦佩不已。

下午两点三十分，我们沿着雨林中的"水泥路"步行了一个小时左右，正感到有些疲惫的时候，我们的面包车出现在了视野之中，而摆放在面包车旁边的，居然是——

一张餐桌？

是的，这只是一张简易的折叠桌，配上6把折叠椅，桌上铺着艳丽的

桌布，已经摆好了一扎凉茶和几瓶酱料。我们就座之后厨师Mark端上了主菜：烤鸡腿、蔬菜和土豆泥。Javier问大家要不要喝酒，我们谢绝之后他笑着说："那就再加一个水果拼盘吧！"

这实在算不上是一顿奢华的午餐。

然而这又是最奢华的午餐！

在群山的环绕之中，听着啾啾的鸟鸣，端起凉茶的杯子说声："cheers！"然后大家都不客气了，盘中的食物几乎瞬间被一扫而空，我不记得是什么味道了，只记得当时感动得想哭的心情。

"猴子！"Javier突然低声喊了一句，然后放下手中的甜点，迅速地架好了望远镜，大家纷纷围了上去，果然，在一棵树的枝丫上坐着一只褐色的大猴子，毛茸茸的，甚是可爱，Javier介绍说这是云雾森林里最常见的，绒毛猴，性格十分温和。

可惜它也十分怕人，不能来和我们分享盘中的香蕉了……

下午3点30分，这是我们第二次丛林漫步。

乐乐说："我想上厕所。"

Javier指着路边的树丛说："去那边吧。"

过了一会儿，法国姑娘尴尬地说："我也想上厕所。"

Javier依然指着路边的树丛说："别走太远，小心蚊虫。"

我明显看到法国姑娘的脸上抽搐了一下。

等她回来后Javier安慰她说："开始大家都不习惯，慢慢就好了。"

法国姑娘笑着说："那你就太小看我了，去年夏天我报了个团去蒙古旅行，在一望无际的大草原上，我们也是这样解决的。"

我们有十几个团友，没人带雨伞，你明白的……

下午5点30分，这是我们第5次丛林漫步，每遇到野生动物密集的地方Javier就会叫司机停车，然后带着大家步行一段时间，我们熟悉了小型望远镜的使用，不用再依靠Javier的专业设备，也能看到不少精彩的画面。

在这里我要简单分享一下在亚马逊雨林中看动物的感受：

第一，你不要指望看到太大型的动物。（除了鳄鱼和水獭）

第二，你不要指望离动物太近。

第三，你不要指望拍到一张清晰的照片。

如果你有上述的需求可以去非洲的大草原，在肯尼亚对着5米开外的大象、狮子、猎豹猛按快门的经历至今让我记忆犹新，然而在这里，我们这半天所见的猴子和各种鸟类，大多在肉眼可及的范围之外，而且它们有

茂密的丛林作为掩护，在望远镜里找到已是不易。

如果遇到一只可以用相机拍到的，实在是人品爆发了。

下午6点，天黑了。

我们的面包车驶入了今晚的营地：竹子驿站（Bamboo Lodge）。

竹子驿站位于云雾森林和Atanaya码头之间，海拔950米，是我们此行的一个中转站，明早我们将在Atanaya码头上船，沿Madre de Dios河航行8个小时，到达雨林腹地的马努观鸟驿站（Manu Birding Lodge），从那里开始正式的探险之旅。

相比起马努观鸟驿站，竹子驿站的条件算是不错了，有电灯和24小时热水，虽然没有网，却能收到手机信号，我们一家三口被分配到了一栋用竹子和茅草搭成的别墅里，上下两层共有4张挂着蚊帐的单人床，乐乐兴奋得不得了，对他来说这和五星级度假村并没什么分别。

晚上7点30分，Javier、Ulla和我们4个团友聚在驿站的餐厅里吃晚餐，这是一顿秘鲁当地菜和西餐相结合的料理，头盘是蔬菜浓汤，主菜是棕榈叶蒸鸡，甜品是芒果布丁，在今后的几天之中只要我们是在驿站里用餐，餐品都非常讲究，而且从不重样。

我私下里对团团说："我们是选对了旅行社，1300美金的团费虽然昂贵，但好的服务可以从方方面面体现出来，这样的体验一生能有几次？又怎能用价格去衡量？"

厨师Mark用当地盛产的柯卡叶给我们泡了茶，并且加了大量的糖，Javier笑着说："只有你们游客爱喝柯卡叶泡的茶，当地人都是直接放在嘴里嚼着吃。"

我问他："柯卡叶里真的有咖啡因吗？"

他说："是的，咖啡因可以被提炼出来，因此柯卡叶的种植和采摘虽然是合法的，交易却被一家公司所垄断，官价是每11公斤80索尔。"

由于柯卡叶是高原地区的生活必需品，黑市买卖也是屡禁不止。

酒足饭饱之后我们坐在餐厅里聊

起各自的经历，我要将聚光灯转向一直沉默寡言的女老板Ulla：

　　Ulla是一个德国人，地质学博士，十几年前远嫁到秘鲁，和老公合开了这家旅行社，由于老公的家族有地产界的关系，他们又买下了雨林中的几处客栈，最初主要接待来自德国的游客，后来生意越做越大，市场也拓展到世界各地。

　　4年前Ulla和老公离了婚，他们的生意也分了家，正赶上Ulla的一对子女要回德国上学，她只能靠远程办公来管理庞大的运营体系，即使如此，她总能在5分钟之内回复任何一位客人或同事的邮件，用Javier的话说，Ulla到底什么时候睡觉，是他们旅行社最大的谜团……

　　最近Ulla和前夫的关系有所缓解，他们做不成夫妻，还可以做朋友和生意上的合作伙伴，两人再次开始共享各种资源，包括我们即将入住的马努观鸟驿站。每年寒暑假Ulla会带着儿女来到秘鲁，开展新的业务，这次她与我们同行就是为了督建一个新的度假村，明天她将独自带着4箱补给品，在Madre de Dios河畔与我们分道扬镳。

　　同事们都称她为Iron Woman（女强人）。

我觉得这个称呼实在不足以概括她精彩的人生。

我想起白天在云雾森林里Javier曾说过一句颇有哲理的话:"羽毛相同的鸟,自会聚在一起。"

我们在座的几个人,来自不同的文化背景,有着不同的生活轨迹,我们可以说是几只"羽毛不同的鸟",但我们依然聚在一起。

这都要感谢Ulla!

晚上9点30分,我们躺在各自的蚊帐里,回想这一天,新奇和兴奋是自然的,辛苦也是不言而喻的,从海拔3000米攀升到4000米,再下降到1000米,在车上颠簸了8个小时,然后又云雾森林里趟了一脚的泥水。

杰克·凯鲁亚克的《在路上》中有一段话写得很实在:"世界旅行不像它看上去的那么美好,只是在你从所有炎热和狼狈中归来之后,你忘记了所受的折磨,回忆着看见过的不可思议的景色,它才是美好的。"

我对乐乐说:"亚马逊雨林是我们这次旅行中最难掌控的地方,所有惊险、未知都在这里达到了顶峰。"

乐乐很开心地说，这是他迄今为止最大的冒险。

然后他问我："这也是你最大的冒险吧？"

我想了一下说："不是，你才是最大的冒险。"

他不解地问为什么。

我说："你以后就明白了，把一个小孩带到这个世界上来是一件多么冒险的事情，不知道他／她是否健康，不知道自己能否胜任，不知道将来会发生什么状况……所幸的是，到现在为止，我都险中得胜了。"

乐乐说："这个不能算！"

我又想了一下，对我来说类似的经历还有摩洛哥的沙漠露营、肯尼亚的"天国之渡"……

但是看着他期待的目光，我十分肯定地说：

"是的，这也是我最大的冒险了。"

乐乐的日记2

今天我醒得特别早，天还是黑的，屋里没有电灯，所以我也不知道是几点。

我看了看窗外，已经不下雨了。

昨天导游说这个季节很少下雨，但是被我们赶上了……这里的雨分男的和女的，很快就停的是男的，连着下好几天的是女的，看来我们赶上的是男的雨吧。

在床上躺了一会儿之后闹钟响了，爸爸妈妈打开了手电筒，原来才5点10分，也就是说，我4点多就醒了吗？

这大概是我醒得最早的一次了！

　　厨师戴着头灯给我们做好了早饭，有摊鸡蛋、粥，还有面包和果酱，没有一样是我喜欢的，要是平时的话我才不吃呢，但是在这里我可不敢，我每天不到10点就饿了，但他们要下午两点才给午饭吃，昨天和前天都是这样的，今天我可得提前做好准备，多吃点。

　　对了，前天中午我听这个导游说，没午饭了，他说的英语我就听懂了这一句，但是后来在云雾森林看鸟的时候还是有午饭吃的，是我听错了吗？

　　妈妈往我的粥里加了很多糖，虽然这里的粥怪怪的，我还是吃了很多！顺便说一下，我们今天吃的是烛光早餐，天还没亮呢！

　　吃完早饭我们来到河边，好大的雾啊，连我们的船都看不见了，妈妈说这就像是一张水墨画，她特别高兴，拍了好多照片，可照片里也是白茫茫的一片，什么也没有。

　　我问妈妈："咱们今天去哪儿啊？"

　　她说先坐船，然后上岸看猴子，然后在一个湖里继续坐船，看鳄鱼，然后去爬一棵很高的树，晚上我们要走很远的路去一个地方看貘，有可能还会住在那里。

　　我对坐船实在没兴趣了，昨天我们坐了8个小时的船，也不能玩手机

和IPad，为什么今天还要坐船呢？不过爬树听起来挺有意思的，走路去看
貘也不错，如果能住帐篷就更好了……

上岸之后我看到有人在摘香蕉，装了一大车，准备运到城市里去卖。
要是他们把香蕉摘完了，猴子吃什么呢？我让妈妈去问导游，结果导游
说，这里的猴子不吃香蕉！它们根本不知道香蕉有多好吃，因为它们连香
蕉皮都剥不开！

怎么会这样呢，没人教它们吗？

我们在丛林密道里走了一会儿，又看到了昨天那种猴子，这次它们离
得很近，而且特别多，我至少看到了5只，妈妈说她看到了10只，导游说
他看到了20只，而且没有用望远镜。

我很不喜欢望远镜，每次他们说看到了什么，我在望远镜里都找
不到！

看了一会儿猴子之后我们继续往前走，走到一半的时候我突然想明白
了，这里的猴子剥不开香蕉是因为它们长得太小了，也就和一根香蕉差不
多大，如果换成是云雾森林里的那种绒毛猴，应该是能剥开的吧。

接下来就是爬树了！

其实我很擅长爬树的，在姥爷的园子里我爬过桃树和柳树，只要树枝的分叉比较多的我都能爬上去，但是我的本领在这里好像用不上了，因为，这里居然有楼梯！

可能是这棵树实在太高了，而且没有什么分叉吧，他们在树边搭了一个楼梯，一直通到树顶的平台上，这样一来谁都能爬得上去了，除了有恐高症的妈妈……说实话我也有点儿害怕了，如果妈妈上不去，我就在下面陪她吧。

我问妈妈："你敢上去吗？"

她说："先试试吧，毕竟这是附近最高的一棵树，如果上去了可以看到很好的风景。"

爸爸走在最前面，我跟着他，妈妈走在我的后面。

走到一半的时候妈妈果然害怕了，但是她下不去了，因为法国阿姨和导游走在她的后面，把路挡住了，而且她一个人下去的话可能会遇到猴

子，还不如和大家在一起比较安全。

爸爸说："只要不往下看就不会害怕了。"

我说："那下去的时候怎么办？"

他说："下去的时候倒着走啊。"

听起来挺有道理的……

好不容易到了树顶的平台，这里的风景果然不错，可以看到很远的地方，还有几只金刚鹦鹉在周围飞来飞去，它们的叫声像乌鸦一样，所以很好辨认。我坐在树杈上让妈妈给我拍了好多照片，作为爬上来的证明。

妈妈说，这棵树总共有65米高，我们所在的平台相当于15层楼。

当地人把它当成树神，每次有人结婚的时候都会提到它，但是没有人知道它的具体年龄，有人说300岁，也有人说500岁。为什么他们不数一下年轮呢？

回客栈的船上我第一次和导游叔叔说话了，因为我太想吃香蕉了，爸爸妈妈都不帮我，非要让我自己去问，其实我早就知道香蕉的英文怎么说，但还是小声地练习了好几遍才走过去，我说："Can I have a banana?"

他好像很高兴，一下子给了我好几根！

吃午饭的时候发生了一件有趣的事情，导游叔叔拿了几颗黄色的小果子，说这是亚马逊雨林里的辣椒，问我们谁想尝一下，爸爸妈妈先尝了，说味道不错，那个法国阿姨就把一整颗都放到嘴里了，然后她整个脸都变成紫红色了，一边叫一边喝水，喝了好几杯，爸爸不让我笑，可是我实在忍不住啊……

吃完饭我们继续出发，去一个很远的地方看貘，我不怕远，只要别再停下来看鸟就好了！他们总是喜欢看鸟，同样的鸟都看过好几次了，还要用望远镜去找，好无聊啊……我把这个要求和爸爸说了，他问我喜欢看什么，我说，要不我们去找那个法国阿姨吃的辣椒吧，摘几颗带回去，给大家尝尝！

还好，这次我们走了一条新的路，有的地方要从树根上爬过去，有的地方要钻洞，有的地方要过小桥，我们还看到了好几种新的动物，有行军蚁、蚂蚱和穿山甲。

对了，还有蝙蝠！

它们挂在一棵空心的树里，我开始没看见，还去那个树洞里玩儿呢，后来导游叔叔也进来了，他用手电筒往树洞的顶上一照，好多蝙蝠啊，吓了我一跳！

看貘的地方和我想的一点儿都不一样，没有帐篷，只有一个木头搭的台子，台子上有几张地铺，还挂着蚊帐。爸爸问我："晚上睡在这儿怎么样？"我说："最好还是回去吧。"

在客栈里虽然也没有电，但至少有两根蜡烛啊，在这里睡，晚上一定黑漆漆的，上厕所的时候掉下去怎么办啊……

再说，这里有没有厕所啊？

爸爸说，晚上的安排得由大家投票来决定，我们一共有5个人，少数服从多数。

我想想啊，我投给客栈，爸爸最怕住条件不好的地方了，应该也会投给客栈，导游叔叔都看过好多次貘了，应该也会投给客栈吧？

结果让我没想到的是，爸爸居然投给了这里，他说难得来一次，为了看貘，什么都能忍……妈妈反而投给了客栈，她说即使住在这里，看到貘的概率也不高，还不如好好休息一晚，养足精神。

还好，法国阿姨也投给了客栈，我们赢了！

不过我们还是要在这里坐上两个小时，碰碰运气，在我们下面有一个水池，妈妈说水池里有盐，可以把貘吸引过来，大家盯着水池看了一会儿，没有貘，倒是来了几只金刚鹦鹉。

过了一会儿，天黑了，我看到远处有一片特别亮的地方，仔细一看原来是月亮，像一盏路灯，在我们身后照出了长长的影子。

导游叔叔说："走吧，带你们去看看夜里的森林！"

要是让我评选的话，这是今天最有意思的一段，导游叔叔和法国阿姨戴着头灯，爸爸妈妈拿着手电筒，本来我也有个手电筒的，但是过桥的时候我必须两只手都抓着爸爸，就把手电筒放到背包里了。这才是真正的探险呢，稍不留神就会掉到河里，或者被树根绊倒，所以我们走得很慢，每一步都很小心。

在夜里走有一个好处，就是不用看鸟了。

我们只能看见近处的动物，有青蛙、蚂蚱、蜘蛛，还有一只巨型的蚂蚁，每次都是导游叔叔发现的，他用头灯照着，让妈妈拍照。

　　每次看到有藤条我都会拽一下，爸爸说这样太危险了，如果藤条断了我就会摔倒，我告诉他藤条是不会断的，因为白天的时候导游叔叔都顺着藤条爬到树上去了，大家都是亲眼看见的！爸爸还不服气，说即使藤条不会断，也会惊动树上的猴子，它们会下来和我算账……

　　我们路过了来的时候看蝙蝠的大树，妈妈说，我们已经走完一大半了。有意思的时间总是过得很快，不过这样也好，快点回到客栈，就可以吃饭了！

　　我好饿啊……在这里什么都好，就是太容易饿了。

　　晚饭会吃什么呢，面条？烤鸡腿？那天晚上的糯米鸡也不错，还有白糖水……

　　要是有饺子就更好了！

　　我问妈妈："咱们什么时候才能回家吃饺子啊？"

　　她算了一下，说还有不到10天了。

　　饺子……

　　流口水……

加油，我们就快坚持下来了！

附言：

这段内容是回到北京很久以后，乐乐和我聊天的时候，我们一起回忆起来的，我对照了当天的日记，重要的信息点几乎没有遗漏，如果说一定要补充点儿什么，那就是蜂鸟和椰子：

在马努观鸟驿站我们第一次见到了蜂鸟，像迷你直升机一样，嗡嗡地在空中盘旋。

驿站的庭院里有棵椰子树，导游Javier在我们的煽动下摘了个椰子，他说虽然是本地人，却从来没有尝试过打开一个椰子，用刀劈了很久也没有成功，乐乐笑得在地上打滚，招了一身的虫子……后来Javier把那颗椰子带回去了，他说自己的女儿和乐乐一样年纪，要让她也开心一下。

在此要感谢Javier，他牺牲了和家人共聚天伦的时光，却给我们带来了一个完美的旅程。

守湖人

[7月17日 秘鲁 亚马逊雨林]

这是我们在亚马逊雨林的第4天，一大早我们从客栈出发，沿Madre de Dios河航行了30多公里，再走过一段步道，来到了美丽的Blanco湖畔，在这里我们遇到了一位守湖人。

他50岁左右年纪，身材微胖，穿着一件褐色格子的毛衣，一条红色毛裤，头戴棒球帽，坐在湖边的码头上。

这是一个为游客量身定制的码头，木头搭成的架子延伸到湖面上，形成一个U型的港湾，在港湾里停着一个木筏，仔细一看这是绑在一起的两条船，上面架了一块木板，木板上摆着几把椅子。

见我们到来，他打开了锁住木筏的铁链，对Javier交代了几句，就坐回到原来的位置上，半眯着眼睛，看着湖面。

Javier说他就住在码头边的小木屋里，没有家人，每当有游客来的时候就打开铁链，游客离开后再锁上铁链，多则每天四五拨，少则几天一拨，日子周而复始，已经有好几年了。

与其说是守湖人，不如说是守船人更为贴切。

我并不是要展开对当地人物的描写，事实上我对他的了解仅此而已，再没有更多的交流了。

只是他坐在码头上的身影一直在我脑海中挥散不去。

陪伴他的Blanco湖本来是某条河流的一部分，随着流水对河岸的侵蚀，河流的弯曲程度越来越大，最后自然而然地截弯取直，原先弯曲的河道被废弃，形成了湖泊，也就是河流动力学上所说的牛轭湖，也叫月亮湖。

湖里生活着3只巨型水獭，把头仰在水面上游来游去，Javier说它们的身体有两米长，是非常凶猛的动物。

还有食人鱼，在司机大哥的帮助之下Javier成功钓上来一条，果然有尖尖的牙齿。

还有数不清的水鸟。

还有绝美的风景。

可即使如此，我也很难说这是一种理想的生活方式。

我问团团："你愿意在这里长住吗？"他笑着说："最多3天，3天之内应该会觉得悠闲、惬意，然后就开始无聊了。"

我说，你已经算是很有耐心了，对我来说最多3个小时。

第一个小时我用来胡思乱想，第二个小时我把想到的东西写下来，第三个小时我躺在木筏上睡一觉，然后开开心心地回客栈，这就是我的本性。

所以我忍不住去揣测，这个和我截然不同的守湖人。

回程的路上我问Javier，这个开关铁链的岗位是否是必需的？Javier说："当然不是，比如我们昨天去看鳄鱼的湖上就没有这么一个人，导游可以去附近的办公室里取钥匙，耽误不了多长时间，导游走不开的话还可以让司机去取，反正他也没什么事情。"

可存在即合理。

没有谁的人生，需要他人去赋予意义。

我何必想那么多，何必对一个陌生人念念不忘。

费尔南多在诗里说："我们活过的刹那，前后皆是黑夜。"

世间种种，终必成空。

盘中的豚鼠

[7月20日 秘鲁 库斯科]

印加帝国的都城库斯科，在我心里是个极有情怀的地方。

这情怀来自三毛的《万水千山走遍》，大雨阻断了去马丘比丘的火车，让她在此停留了十七八日，她和团团一样都有高原反应，契川话里称作"索诺奇"，喝了柯卡叶泡的茶也不见好转。她蜷缩在一个三流旅馆的上铺，头痛、口渴，昏暗的光线里有个印第安人在吹着木笛。

她逃难似的来到武器广场，找了个四星级的酒店住下，40美金一日，夜里有妇人用毛巾帮她擦着全湿的头发。

第二天她缓过神来之后，在武器广场上捡回来一个同样病症的荷兰女孩，女孩将贴身的钱袋托付给她，一个"连姓名尚不知道的陌生人"。

她捧着一束鲜花归来，却见到女孩靠在敞开的落地窗前痛哭。

她们有着同样的伤痕和难以言说的默契。

某一日女孩不辞而别，留给她的信上写道："我走了，不留地址给你。我的黑眼珠的好朋友，要是在下一度的生命里，再看见一对这样的眼睛，我必知道，那是你——永远的你。"

在这里三毛写下了一段我喜欢的文字："远处的那片青山，烟雨蒙蒙中一样亘古不移，冷冷看尽这个老城中如逝如流的哀乐人间。"

我们在旱季来到库斯科，没有大雨，司机热情洋溢地把我们送到武器广场边的民宿，房间小小的，并排摆着3张单人床，床头挂着带有当地风情的纺织品，一幅是羊驼，一幅是印第安女孩，一幅是马丘比丘，过了一会儿老板娘敲门来问："要不要报旅行团啊？"我谢绝了她。

团团的"索诺奇"犯了，我去药店给他买了一罐氧气，又去肯德基打包了一个全家桶，一群当地的小学生正在宽阔的马路上排练集体舞，引来游客们的围观，我在人群里站了一会儿，不时有商贩来卖手工艺品，见到我能准确地说出日语、韩语和中文的"你好"，我客气地回了一句中文的，他们马上兴奋地喊着："China! China! Amigo! "

一个印第安妇女牵着羊驼过来，问我要不要合影。

不一会儿又有一个背着画架，自称是画家的年轻人问我要不要买一幅他的作品，我谢绝之后他神秘兮兮地指着身后一家旅行社说："去那里报我的名字，所有的行程都可以打个8折！"

我知道，这早已不再是30多年前的那个库斯科。

这已是一个开放、自由、设施齐备，且高度国际化的城市。

我们因为语言不通而必须指手画脚的日子已经过去，这里几乎所有人都会说流利的英语，到处都是为我们游客量身定制的餐厅、民宿、酒吧，既满足了西方式的生活习惯和舒适度，又带有浓厚的当地风情，简直就是旅游城市中的模范生。

回到民宿之后我把这些见闻复述给团团，他说："你一定有些失望吧？"

恰恰相反，我发自内心地喜欢这里。

在挪威、瑞典，以及在欧洲大陆上自驾的大半个月里，我的心一直端着，一直提醒自己要谨言慎行；到秘鲁之后又一直被一种紧张、刺激的情绪控制着；而在印加的古都库斯科，我第一次找到了归属感，我终于不再是另类。

这里有各种各样的面孔，背包客、浪人、嬉皮士，来自不同的大洲，有不同的肤色，有温和守礼的，也有大声喧哗的，有初到此地光鲜亮丽的，也有刚从马丘比丘或是亚马逊雨林回来，一身狼藉的……在这里，每个人都宽容地看待彼此，同时我们也更加宽容地看待这座城市。

如果时间允许的话，我愿意在这里住上一周。

可惜在我们的行程安排中，库斯科只是一个中转站，我们将以这里为起点，先去马丘比丘，再去亚马逊雨林，三进三出，只有从雨林回来之后才有一段相对完整的时间，可以逛一逛古城的本身。

我们去了库斯科大教堂、孔帕尼亚耶稣大教堂、Qorikancha废墟、印加博物馆，还有几个卖旅游纪念品的市集。回来经过武器广场时看到曾经有小学生排练集体舞的地方聚集了很多穿着安第斯山区服饰的人，举着大大小小的标语牌，在示威游行。

尽管此时我们已经去过秘鲁境内不少的城镇，依然难以从服饰分辨出他们所来自的地区，就像是要迎合当地的氛围一样，这些示威民众的情绪也并不十分亢奋，偶尔和围在一旁的防暴警察们聊上几句，我们跟着游行的队伍走了一会儿，心中突然涌起了一种强烈的不舍之情，对这个城市，也对这个国家。

三毛在《万水千山走遍》中这样形容我眼前的武器广场："这个大广场是一切活动的中心，因为它的宽畅和清洁，便是每天坐在同一个地方望它，也是不厌的。"

　　有一日午后她坐在教堂的木门边躲雨，一个穿着旧西装、拿着公事包的中年男人走过来，生涩而害羞地对她说："我们是一个民族音乐舞蹈团，想不想看一场精彩的表演呢？"

　　三美金一张票，两个小时不中断地表演，可以拍照。

　　晚上她和助手米夏一起，冒着大雨来到约定的地址，在一条黑冷走廊的尽头找到了空无一人的剧场厅，中年男人很尴尬地一再道歉，请他们再等一等，可一个小时之后依然没等到其他的观众。

　　就在他们准备退票的时候，帷幕拉开，4个乐师坐在舞台后方凹进去的一块地方，抱着不同的乐器，开始了一场只有两个观众的演出。

　　他们奋力地鼓掌，气氛开始由尴尬转变为热烈、融洽，直到演出终了的时候她被请上舞台，看到"那200张空位子，静成一场无色的梦魅，空空洞洞地扑了上来"她才体会到，方才两个小时的表演，艺术家们付出了什么样的勇气。

　　那是30多年前的事情了。

　　此刻的武器广场阳光明媚，没有穿着旧西装、拿着公事包的人来推销演出票，我相信即使有，他们的生意也会很好，夜幕降临之后在一个不起眼的小剧场里看一场传统的民族歌舞，正中了眼下游客们的兴趣点，发朋友圈的话一定有好多人点赞！

然而在这个包罗万象的广场上，随时可能上演另一段百转千回的故事，这是它未曾改变的浪漫情怀。

离开前我们照例进行投票：对库斯科印象最深的是什么？

我一下有些懵了，只觉得千头万绪，抓不住重点，最后我和乐乐几乎是异口同声地说："豚鼠！"

在库斯科大教堂的东北角有一幅很有名的油画，是盖丘亚族画家Marcos Zapata的作品《最后的晚餐》，同题材的画看过太多，稍不留意也许会错过一个小细节：在这幅画上，耶稣和信徒们的餐桌上摆的不是传统的西餐，而是一盘烤豚鼠。

豚鼠是印第安山区的传统美食，第一次在菜单上看到我还百度了一下豚鼠的图片，随即发出了"这么可爱，怎么吃？！"的感慨，后来常有店家以豚鼠为招牌菜吸引我们进店，都被我自动pass掉了，如今看到了烤熟了的豚鼠四仰八叉地躺在盘子里，竟没有什么违和感，团团甚至说："你确定不要尝尝吗？"

我犹豫了一下，还是下不了狠心，那幅画着烤豚鼠的《最后的晚餐》却一直在脑中挥之不去，从某种意义上来讲，这就是我所喜爱的库斯科，它融合了来自世界各地的文化，却永远带着鲜明的本地特色。

我们在夜幕降临之前离开了库斯科，未能拥有一段像三毛那样伤感的回忆。

也未能见到一只活的豚鼠。

乐乐的日记3

［7月31日 澳大利亚 悉尼］

我们在澳大利亚的悉尼一共住了6天，妈妈说这里她写不了，完全没有灵感，那就交给我吧。

在悉尼我们最大的任务就是倒时差。

我们从秘鲁飞过来用了一天多的时间，在飞机上也睡了几次，到酒店正好是晚上，又睡了，我们都以为时差就这样倒过来了，没想到第二天吃过午饭，我又困了，妈妈不让我睡，可我实在忍不住，睡着了。

等我醒来的时候天已经黑了，爸爸和妈妈睡在旁边的床上，我一看手机，是晚上9点多。

过了一会儿妈妈也醒了，她说自己是下午3点睡着的，没比我晚多少。

开始的两天都是这样，我们下午睡一觉，凌晨的时候再睡一觉，然后到附近去逛逛，吃个午饭，都不敢走远，因为妈妈一旦犯困了，就连地铁站都找不着了……

第3天的时候我们决定，一定要把时差倒过来！

妈妈的计划是，早上尽量多睡一会儿，中午才出门，然后找个有意思的景点，最好是惊险刺激的，尽量玩儿得晚一点，每天把睡觉的时间向后推迟两个小时，等回北京的时候就差不多正常了。

因为我表现好，他们给了我一个福利，就是让我来选景点！

妈妈把书上的景点一个个讲给我听，我选了动物园、水族馆、蜡像馆，还有沙滩。妈妈说除了沙滩之外所有景点都在一个地方，我们提前把票都买好了，这样就无论如何都得坚持下来。

我们先去的动物园，很小，里面的动物我都见过。在出口旁边有个咖啡厅，我们进去买了几杯冰沙，吃冰沙的时候我看到很多人站在一棵树的下面，仔细一看树上有个灰色的小动物，像个毛绒玩具一样，一动也不动。

我指给妈妈看，她说那是考拉。

看了一会儿我开始怀疑那只考拉是真的还是假的，因为它从来都没有动过，有个小孩哭了，声音很大的，都没

有把它吵醒……妈妈说考拉是很懒的小动物，每天要睡18个小时呢！

第二站是杜莎夫人蜡像馆，开始我还不想来呢，进来之后发现很有意思，爸爸帮我设计了好多搞笑的动作，和那些蜡像合影，可惜大部分的蜡像我都不认识，妈妈说她也不认识，因为我们都不看电视……

但是有几个蜡像是我们全家都认识的，就是英国女王、威廉王子和凯特王妃，我在英国的时候看过他们的照片，所以一眼就认出来了！

我觉得这里和英国好像啊，都很漂亮，都有很多草地和鸽子。

我提议来一场比赛，看谁能说出最多的相似之处，结果当然是我赢了，妈妈把我说的都记下来了：

"都说英语。

都有地铁。

东西都很贵。

因为东西很贵，妈妈只能自己做饭，所以我又吃到了最美味的红烧

鸡翅！"

下一站是水族馆，说实话我有点儿困了，已经没什么印象了，我只记得我完成了今天的任务，坚持到5点多才睡。

接下来的几天我都完成了任务。

我不像在秘鲁的时候那么容易饿了，但是我突然好想吃寿司，有一次我和爸爸去门口的超市买菜，我看见收银员阿姨的旁边放了一盒寿司，就让爸爸去问，结果那个阿姨说，这不是她们店里卖的，是她男朋友送给她的，但是她不爱吃，就送给我们了！

那盒寿司真的好好吃，可惜之后就再也没吃到了……

对了，在这里还有一个好处，就是我的"宝床"！

我的床和爸爸妈妈的不一样，它本来是立在墙上的，上面有个把手，拉下来就能变成床。

有一天我和爸爸坐在床上玩游戏，床突然就塌了。

爸爸检查了一下，说就是支

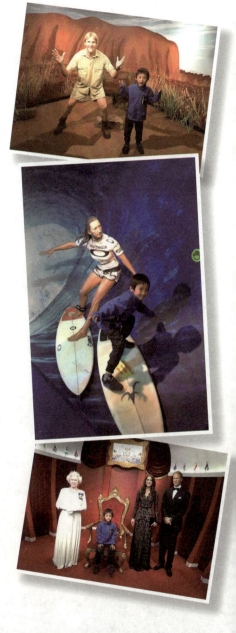

撑的架子有点儿松，很快就修好了，但是没过多久又塌了。我发现床塌了之后也挺好玩儿的，睡上去头比较高，脚比较低，也不会滑下去……

爸爸说如果我不介意的话，他就不找人来修了，我饱的时候就正着睡，食物往下走，饿的时候就反着睡，食物往上走，这就是我的宝床，别人都没有呢！

在悉尼的最后一天，我们去海边徒步。

妈妈在书上查了一个线路，总共5.4公里，经过好几个沙滩，这样又满足了我玩沙子的需求，又可以当成是这次旅行中最后一次挑战。

我不知道5.4公里有多远，妈妈说就和在马丘比丘走的路差不多。

我说，那算什么挑战啊？

走到库吉沙滩的时候我和爸爸的鞋都湿了，我们坐在那里晒鞋子，顺便玩投票的游戏。这是我们每次旅行都会玩的，妈妈先出一个题目，比如"在悉尼你最喜欢哪个景点？"然后我们每人选一个自己喜欢的景点，说出理由，让妈妈都记下来，然后我们投票决定谁的理由比较充分。

我玩这个游戏很拿手的，几乎每次都能赢！

那天我们玩了好多次。

比如"这次旅行你最喜欢哪个国家？"我们3个都选了英国，但是我的理由比较充分。

还有"这次旅行你最喜欢哪一天？"我选了在亚马逊雨林里看貘的那天，爸爸选了马丘比丘，妈妈选了的的喀喀湖，这次是爸爸赢了，因为我赢得太多了都有点儿没意思了，就给他投了一票。

我记得最后一个问题是："下次旅行你最想去哪儿？"

妈妈给了几个选项：第一个是马达加斯加，这是我们本来想去，但是没去成的。（我们叫猴面包旅行团就是因为这个！）第二个是蒙古，这是在亚马逊雨林的时候听那个法国阿姨说的，她强烈推荐，而且离中国很近。第三个是危地马拉，我觉得这个是用来凑数的。

我让他们两个先选。（这是我的诀窍！）

爸爸选了危地马拉，这个我真没想到，他说下次旅行应该是寒假，蒙

古太冷了，马达加斯加的交通太不方便了，他刚看了一篇帖子，说有两个中国人为了省时间就抄了一条近路，结果东西都被抢走了，在路边坐了很久都没人路过……

他说反正猴面包树也不会跑了，可以等他们把路修好一点儿再去。

妈妈也选了危地马拉，她说在秘鲁的时候听人说起过，就在网上查了一下，发现有很多景点都是她感兴趣的，而且她要写书，想去一些别人不去的地方，这样写出来才有意思！

我本来想选马达加斯加的，但是这样就赢不了了，因为我说不出来太多的理由。

如果我选危地马拉的话，就可以把他们的理由再说一遍，然后随便再加上一点儿就可以了！

我不知道危地马拉在哪儿，也不知道有什么好玩的。

但是没关系啊，反正早晚都得去的。

世界上所有国家，我早晚都会去，我要尽快地超过爸爸妈妈，再超过姥爷，想起来就觉得好开心……

下一次，就去危地马拉吧！

后记

旅行前我搬了一次家，整整3大车，不算家具电器还装满了20多个大纸箱，我坐在路边看着搬家公司的人在我家进进出出，真有点儿吓着了。

这些都是我的吗？！

几年前我还是那个可以把所有财产装在一个28寸的旅行箱里，每年3次往返于北京和伦敦，无牵无挂的人，这是怎么了？

后来我在聚会上和朋友们抱怨，她们纷纷表示：我家的东西算少的了……

可我真的用得上这些东西吗？我不相信，于是我又找到了当年那个28寸的旅行箱，把我们一家三口的东西都装了进去，一走就是3个多月。

除了回国前帮朋友们代购之外，我没有买新的箱子，也没有感觉到任何不便，我反而后悔当初没有选择背包行了，其实常用的东西不外乎是护照、手机、一套换洗的衣服，对我们女孩子来说再多个化妆包。这个时代，什么都是电子化的，服务业也非常发达，所谓"在家千日好，出门万事难"，早已是句老话了。

我曾经是一个很恋旧的人，连小学时代的课本、作业本都一直留着，生怕没了它们人生就不完整了；长大之后经历了一些生离死别，才知道只有"人"才是最重要的，那时候还没有"断舍离"这个概念，可我突然就想明白了，人生苦短，不该为了那些没有生命的东西，浪费自己的时间、空间和感情。

这话题扯得有些远了，回过头来说这次旅行。

这次旅行是乐乐的生日礼物，同时也是一个契机，让我再次清空了成家以来逐渐积蓄起来的，那些不必要的负累。

这话听起来冷漠无情，但我本就是一个理性的人。

在悉尼的库吉海滩上，我们一家三口畅谈着今后的旅行计划，在那一刻我感到了久违的轻松和自由，留在北京的一切，包括我的家，我的20多个纸箱子，没有一样是我留恋的，没有它们，我依然可以健康快乐地生活。

如果人生是场游戏，我把它设定得极为简单：只有人才是最重要的。

不是外表，而是内心。

不是过去，而是现在和将来。

［关于平等］

这里我指的是父母与子女之间的平等。

我要再次把话题扯远，说一说我的爷爷。

我的爷爷是一位严谨的知识分子，令人尊敬的科学家。我从小在爷爷奶奶家长大，受到他的影响，爱上了学习，也读了很多的书。如今他去世已经10年了，我每次遇到难解的问题，总会第一时间想到他，多少次从梦中哭醒，只希望他还在身边，再多听一次他的教诲。

有一种亲子模式是："小时候我疼爱你，长大了你要孝敬我。"

但我们的关系并非如此，我的爷爷从始至终都是一位给予者，不是生活上的嘘寒问暖，而是智慧上的输出，直到我上了大学，我依然能从他身上学到很多东西，我喜欢把在国外的见闻讲给他听，因为他的评论总是全

面而具有启发性，当时我就想，如果将来我有了子孙，也要做一个像他那样的长辈。

后来我有了乐乐，我尽量不为他放弃什么，反而比从前更努力地过自己的人生。

我希望他明白，虽然他只有6岁，但我们是两个独立的个体，并不相互依附。

我选择生育他，便有责任抚养他，他并不欠我什么，将来也无须报答。

我希望我们彼此间的付出，在任何一个年龄阶段都是双向的。

我希望在我年老的时候，他不是出于责任、感恩而陪伴在我的身边，而是真心把我当成一个明智、有趣，可以沟通、可以给予建议的人。

为此我不断地努力。

也正是这一份执念，给了我策划这次环球旅行的勇气。

回京之后，我被问得最多的一个问题是："乐乐玩得怎么样？"

我回答说："玩得不错。"

那么紧接下来的问题一定是："他有什么进步吗？"

身边的亲朋好友多是年长或者年纪相当的人，比起旅行，他们似乎对"旅行教育"这个概念更感兴趣，然而遗憾的是，我并不能给出一个明确的回答。

当然，我们乐乐长大了，在这三个多月中他的身高长了两厘米，很多地方都要买票了；他的思维比以前更有逻辑性了；识字也更多了……在他这个年纪，身体和心灵每一天都在发生着变化，到底哪些是同旅行有关的呢？

我个人认为，不必深究。

举个例子来说，临行前乐乐是个有点儿娇气的孩子，回来后他更能吃苦了。

是因为他在旅途中吃了太多的苦，逐渐就习惯、妥协了吗？

在爱尔兰我们连着3天淋雨，在大雨中一走就是好几公里；在挪威我们下不起馆子，每天中午就在超市里买些三明治和水果，站在路边吃了；从库斯科到悉尼，我们经历了43个小时的辛苦转机，把生物钟都搞糊涂了……

然而仅仅是经历这些，而不善加引导，他又会不会产生逆反心理，从而讨厌旅行，甚至讨厌把他带离了舒适的环境，又不能满足他要求的父母呢？

也许，他之所以变得能吃苦，是因为他品尝到了辛苦之后的甜美果实。

也许，他是在模仿我们。

也许，他只是长大了。

我不是教育方面的专家，无法洞察小孩子每一段的心理历程，我能做的就是带他走遍天涯海角，让他看到这世界上美好的事物，告诉他何为正直、善良和宽容；在这个过程当中他难免也会目睹一些"不够美好"的事物，比如矛盾、不公，甚至是悲剧，我们为人父母的责任，便是把道理讲给他听，让他不至于心中迷惘。

没有人能掌控一切，也无须掌控一切，我们竭尽所能，这就够了。

他所展现出来的那些好的变化，到底是旅行之功，教育之功，还是符合自然规律的成长，又如何分得清楚呢？

［旅行不是唯一的途径］

费尔南多·佩索阿在《不安之书》中写道：

"旅行？活着就是旅行。我从一天去到另一天，一如从一个车站去到另一个车站，乘坐我身体或命运的火车，将头探出窗户，看街道，看广场，看人们的脸和姿态，这些总是相同，又总是不同，如同风景。"

人生百年，也不过3万多天，关键不是你身处于何地，而是你每天所见的风景是千篇一律，还是变化多端。

是你真的活了3万多天，还是仅仅生活了一天，却重复了3万多次。

　　我天生是个喜欢变化的人，高中的时候明明理科成绩比较好，却选了文科班；眼看要考上心仪的大学了，却铁了心要去英国；毕业之后我开过花店、开过民宿、经营过订阅号，却没有老老实实地上过一天班；临行前我和团团商量，卖掉了我们在北京唯一的房子，一方面是真的需要旅费，另一方面，也真的不认为一个固定的居所是多么重要的事情。

　　我选择了变化，同时也承受了一连串的辛苦和狼狈。

　　由此看来，旅行并不是你实现人生价值的唯一途径，它仅是一条捷径。

　　不论你是否思考、是否感悟、是否沉浸，你的眼睛的确看到了大千世界，你的皮肤触碰到了遥远的事物，你的心像被一种未知的力量牵引，不规则地跳动。

　　从那一刻起，你已不再是从前的自己。

　　你变成了一个更强大、更丰饶的人，你的回忆中充满了故事，你脸上的沧桑也是别人学不来的。

　　你唯一要做的就是迈开脚步，这难道不是一条捷径吗？

[这个世界上真有侠客和英雄]

旅途中我结识了太多形形色色的人。

在纳斯卡的沙漠探险团里有一个独身闯南美的香港姑娘，3个月只花了不到4000美金，好玩儿的什么也没落下，我对她说："你是我见过最'会玩儿'的人了。"

亚马逊旅行团的女老板Ulla，每天工作16个小时，自己一个人带着4大箱补给品在荒无人烟的河畔与我们分道扬镳，去督建新的度假村。我对她说："你是我见过最能干的人了。"

导游Javier对我说："你是我见过英语说得最好的中国人了。"

法国团友对乐乐说："你是我见过最爱喝白糖水的小孩了。"

有没有想过一个问题：你也是别人眼中最……的人吗？

即使再平凡的人，也总有自己的特点。

我相信每个人的心中都有一片尚未开垦的荒野，每个人都有自己的故事。

这个世界真的有侠客和英雄！

不要小看自己，你可能也是其中一员。

End